彈指芳華

譚福基———

著

策　　劃：黃秀蓮、譚福基遺作編委會

責任編輯：羅國洪

封面設計：張錦良

封面繪畫：胡燕青

內文插畫：梁國驊

扉頁題字：鄒志誠

彈指芳華

作　　者：譚福基

編　　者：黃秀蓮

出　　版：匯智出版有限公司

　　　　　香港九龍尖沙咀赫德道2A首邦行8樓803室

　　　　　電話：2390 0605　　傳真：2142 3161

　　　　　網址：http://www.ip.com.hk

發　　行：聯合新零售（香港）有限公司

　　　　　香港新界荃灣德士古道 220-248 號荃灣工業中心 16 樓

　　　　　電話：2150 2100　　傳真：2407 3062

印　　刷：陽光（彩美）印刷有限公司

版　　次：2023 年 5 月初版

國際書號：978-988-76911-1-2

譚福基

雙重身份　今古交融

　　詩人譚福基擁有兩個雙重身份，文學領域裏便具備多個護照，一疊 Passport 在手，自能衝破入境關卡而游走於多種文體了。

　　第一個雙重是既有學術著作，亦有文藝作品，兼有學者與作家雙重身份。第二個雙重是游刃自如於古典與現代，一方面舊詩、詞、對聯、古文、尺牘莫不精通，另方面白話創作如新詩、散文、小說以至翻譯，亦「白以為常，文以應變」，筆調靈活，氣韻天然。

　　這正反映出兼容的文學概念，並茂的寫作才華。

　　這本領在文壇還是少見的。

目錄

第三輯：巧聯妙對 —— 對聯

第四輯：花暖月偏寒 —— 散文

序一

羈魂

拱門初遇憶青衿　半世詩詞共賦吟
五綵旗飄開陌徑　十人選集序清音
書成蝴蝶生花筆　劇著揚州藉錦心
未試管弦誰惜顧　鳳溪葉落復何尋

——〈悼半世紀詩友福基〉
（二〇二一年四月十三日）

與福基初識於港大中文系梯間，時維一九六九年。三年後機緣巧合下，竟一同創辦詩社，並斷斷續續出版三份新詩刊物逾三十年。詩刊停辦後，我轉而嘗試古典詩詞，甚至粵曲粵劇創作，卻反而與福基更多話題分享，還不時相約一同觀賞大戲。

說起來，福基一向是我們的「序言」專家，二〇一九年《當代香港詩人系列》的〈總序〉，便是他的傑作。兩年前，我告知他計畫出版第一本個人古典詩集，他二話不說，竟「先序為快」，為我寫了序文，顯然是半逼半哄地，鼓勵我盡快成事。可惜，如今書將成而人不在；更料不到，如今反過來要為他的遺著寫序。世事無常亦有常，逾五十年並肩詩路的一雙好友，總算可以第一次也是最後一次為彼此贈序吧！

　　《彈指芳華》是我們為福基籌畫出版的第二本遺著，體裁較多元化。相對《牛津道上的孩子》以他在英華的成長經歷與師生情誼作為主線，這本結集卻讓大家看到，除古典文學外，福基在不同方面，包括：新詩、對聯、散文、小說，甚至論文、翻譯等，也有教人折服的才、學、識、見。雖然，小部分作品曾見刊於他早年出版的著作中，大多卻是尚未結集的零篇散作，尤其新詩、對聯和翻譯等。「彈指芳華」，朝花夕拾，如今人面不知何處去，但笑迎春風的，相信依舊是縷縷醉人的書香……。

　　福基雖說是三份詩刊的編委，新詩作品卻不多，集子中只輯錄了九首。早期五首，除了〈求職婦人〉很感人的現實，以及〈給自己〉很耐讀的雋永外，其餘三首始終擺脫不了七十年代「傷他悶透」式的浪漫；幸而，後期四首，儘管以古典為貌，卻在「老猶未老的詞筆」下，道盡「多少人間慮」和「千古意」呢！

　　對聯是福基拿手好戲之一。東華三院楹聯的整理與圖錄的出版，他正是幕後主要功臣；而為恩師陳耀南教授，以及東華機構與屬校子弟，他也曾寫下不少充滿深情的聯句。「閱世間人情物理，探書海大道天機。」旨哉斯聯！

　　福基產量較多的應是散文。《水仙操》內佳作紛陳，如今選輯的多屬其後之作。重讀如今，多篇寫於一九九〇年代，涉及《詩風》、《詩雙》的文字，尤令我感慨不已。當年一眾編委訪問台灣，由南而北的情景，在他的〈遊台散記〉筆下，竟歷歷勾勒；而兩份詩刊的滄桑，也教我頓生，一如他筆下所述：「少年情事，霎時都上心頭」之嘆。「往日崎嶇還記否？路長人困蹇驢嘶」，只是，當前崎嶇的詩路，僅餘滿頭華髮的我，踽踽獨行

羈魂和譚福基

……。

　　福基小説不多，但幾乎篇篇精品，為詩刊同人中之佼佼者。〈老金的巴士〉更獲劉以鬯選入《香港短篇小説百年精華》一書中，足見其份量。如今連同〈水仙操〉等佳作一併輯錄，好讓大家得以初嘗或藉以重溫。

　　至於論文及翻譯部分，大多是福基早年發表於詩刊的舊作，亦足以反映他的文學造詣，無論傳統現代、東方西方，均有既廣且深的浸淫。其中〈呵撻下的圓熟〉一文，更是評介我詩作的早期文章之一；結語中，福基還半帶歉意地説：「噓聲似稍嫌多」。其實，起步之初，若非摯友坦言「呵撻」，羈魂又如何得以成長「圓熟」啊？

　　從創辦新詩刊物，到切磋古典詩詞，再到暢談粵曲劇藝，這三方面能與我共步同行的，舍福基其誰？猶記他的力作《蝴

蝶一生花裏》面世時，他曾向我笑說，大可據此改編為粵劇，還喜孜孜地與我一同「度橋」。如今，《揚州慢》一劇即將首演，可惜，當年的首倡者卻未能親覩其成，寧無憾焉！不過，我深信，福基會在天堂某處，細心欣賞到的，一如這本《彈指芳華》，以及我們為他編輯的多本遺著……。

二〇二二年七月二日

* 羈魂，兼擅新舊詩，近著粵劇《孔子之周遊列國》、《桃谿雪》、《揚州慢》及《半日閻王》。

（編者按：文中提及的東華三院楹聯的整理和圖錄的出版，是指《胞與為懷——東華三院文物館牌匾對聯圖錄》一書。二〇二一年第十四屆香港書獎共十本書獲獎，其中《落葉歸根——香港東華三院華僑原籍安葬檔案選編》，譚福基貢獻尤鉅，可惜得獎名單在他辭世後才公佈。其七律〈遊東華文物館〉：「可憐萬里投方表，只剩單棺付客船」，曲盡客死他鄉之慘，感人肺腑。）

序二

梁國驊

一念動花開
求願朝露可凝香
一念動花落

　　福基的作品不算太多，記錄了他幾十年從隨意到不隨意、從隨手到結構嚴謹，逐字刻畫，詞典正確，從生活化的用語到融入了深邃的國學源流。閱讀福基近年作品，不拘是甚麼體裁：是新詩、古詩、散文、論文等等也好，都變得很教育性。也就是說，一字一句都是學而思、思而得的以文心雕龍。

　　福基在二〇一九年寫了一首他自己很喜歡的新詩〈尋龍訣〉，以十句加十句為度。

　　雲密峰頭探囊展卷[註1]／撒出一天松雨／涓涓琵琶，水面約住飛花／翠禽與輕蟬，在反照中唱晚／想見破帽戀頭玉梳怯鬢／明燈空局，塵浣淡了濕紅恨墨[註2]／星夜，藏下幾層月色／唉，那已老猶未老的詞筆／寫下多少、人間處／千古意

　　突然孤電劃破九疊雲浪湧上沙磧／點一盞菩提葉燈／念雪似梅花，梅花似雪／似和不似都是身如泡露／就衣我以雲衣，裳我以白霓／一葉瓊輢走遍／十洲三島的重岩疊嶂塵土匼跡／懸泉瀺瀑急湍飛喧／驀然回首，卻仍都是、說

不盡的人間慮／千古意

〈尋龍訣〉是首用了「詩序」的新詩，而且福基自己用了兩個註解。他的詩序引用了晉劉勰《文心雕龍・序志》「古來文章，以雕縟成體，豈取騶奭之群言雕龍也？」來解釋詩題「尋龍」。「尋龍」是指找尋文章作法。在那首十行加十行的詩句之前，福基引言寫作要認真修辭，但不認同某些學派（騶奭是戰國齊國稷下學宮道家學者，人稱雕龍奭）的主流體裁。不過詩的第一句「雲密峰頭探囊展卷」是宋詞人姜夔所作《白石道人詩說》序中言遊衡山雲密峰遇仙人（姜夔真有遇仙？），授以《詩說》一卷，乃詩詞寫作要訣，福基在「註1」中謂「授以雕龍秘訣」，那是仙人探囊，白石展卷了。用一點想像力，隱見福基恍如得到秘笈的姜夔，一身「雲衣」如「白霓」（見二節五句），把秘笈朝蒼茫一揮，「撒出一天松雨」。

清畫家汪士慎有言「竹宜着雨松宜雪」，姜夔用「松雨」引來一番臆測考正。那福基撒出的「松雨」則是姜夔所寫「慶宮春」：「雙槳薄波，一簑松雨，暮愁漸滿空闊。」當時姜夔與詩友乘小船渡太湖，過垂虹橋，漫天冷雨飄過松林沾遍姜夔用來躲寒避濕的簑衣，背後卻有兩首相關的詩，才知「松雨」何所指。其一是五年前姜夔帶着受贈的女孩小紅南下乘舟所寫：

> 自作新詞韵最嬌，小紅低唱我吹簫，
>
> 曲終過盡松陵路，回首烟波十四橋。

其二是五年後乘舟北上又過此地，時小紅已別嫁。觸景之

情見〈慶宮春〉詞姜夔自序的:

> 笠澤莊莊雁影微,玉峰重疊護雲衣,
>
> 長橋寂寞春寒夜,只有詩人一舸歸。

福基撒的也如是如是吧。他披的「雲衣」來自上述的以詩序詞;「白霓」則取楊萬里〈送姜夔謁石湖先生〉「釣璜英氣橫白霓,咳唾珠玉皆新詩」。福基有把「雲衣」「白霓」這兩個姜、楊已經是妙用的寫景詞,轉化成另一種很戲劇性的東西,此真仙人秘訣也。

之後福基用姜夔的《琵琶仙》故事來演繹他的如是如是。離開戀人多年後遊湖,「雙槳來時,有人似,舊曲桃根桃葉。歌扇約住飛花,娥眉正奇絕。」見到的好像是她,卻不是她,偏又覺得是她,把無情落花歲月,凝固在眼前。下句更為艱難,「翠禽」出姜夔〈疏影〉:「苔枝綴玉,有翠禽小小,枝上同宿」,福基把另外一隻會飛的和兩隻都很小的同宿鳥放在一起,是〈惜紅衣〉的「高樹晚蟬,說西風消息」。由於二者不在姜詞中同場出現,所以渴望知道離去戀人消息是眼觸、耳觸的心意共鳴。「想見」句的「破帽」出自魯迅〈自嘲〉「破帽遮顏過鬧市,漏船載酒泛中流」。在此所指應是:為了保住顏面,以至「玉梳怯鬢」,後會無期。玉梳者古代男女訂情信物,此引周邦彥〈過秦樓〉:「空見說,鬢怯瓊梳,容銷金鏡。」「濕紅恨墨」是姜夔〈江梅引〉「濕紅恨墨淺封題」,卻用「塵浣淡了」代替同一首詞的「人間離別又多時」。是誰的濕紅恨墨?都藏在幾重月色中。

第二個十句很有「一槌打破」的味道。鎖住心頭的雲層積

沙突然消散了。「九疊」出自李白「廬山秀出南斗傍，屏風九疊
雲錦張」。下句取辛棄疾〈菩薩蠻〉：「看燈元是菩提葉，依然會
說菩提法。」是宿枝翠禽，是水面琵琶；是梅花，是雪；是燈
火，還是菩提葉，都如《金剛經》偈曰：「一切有為法，如夢幻
泡影，如露亦如電，應作如是觀。」雪和梅花見於呂本中〈踏莎
行〉「雪似梅花，梅花似雪，似和不似都奇絕。」神馳十洲之神
仙勝境，意動三島之懸崖飛瀑；覽群經於瑯嬛福地，寫眾生以
七言八句；最後用上了辛棄疾〈青玉案〉（元夕）的「驀然回首」，
再次以「人間慮 千古意」為尾句。此恰如姜夔《詩說》所言：「一
篇全在尾句，如截奔馬⋯⋯詞盡而意不盡者，非遺意也，詞中
已彷彿可見矣。」

　　〈尋龍訣〉寫於二〇一九年，以時序之，福基的《蝴蝶一生
花裏》已寫好了。在那些年頭，他明顯覺悟到寫文，寫詩，都
背負着中華文化傳承的責任。就以〈尋龍訣〉而言，那是滿載
了古典文學的新詩。福基完全用自己去展示《詩說》所標示的
法度、妙境、意格、體裁、情性和涵養，含蓄且獨創。福基很
少像恩師陳耀南教授以「子書」評論文章而立論，他是以文章本
體展示文章作法。在一九六四至六八年，我與福基受業於陳教
授，有一份功課是每位同學都得完成一冊有七種體裁文章的結
集。當時陳教授向大家介紹了劉勰《文心雕龍》，福基這個牛津
道上的孩子，自此終生走上繡虎雕龍之路。福基的作品很生活
化，很觸景生情，非常着重文章作法和遣辭用字的方式，都是
活生生的可師可範例子。有不少地方很艱澀，要翻查究竟方知
其所以，是雕繢成文的解說。

　　福基在他的謝師詩中有「繡虎不忘聲切切，雕龍羞步奈遲遲」句，乃讀書每至深夜。福基的律詩詩集將會以《紫簷青林》為名，求願筆路捐身前賢的工作，可以育成來者。雖知「生也有涯，無涯唯智」《文心雕龍・序志》，福基近年寫作如佛手拈花，惜芳華彈指而逝。

二〇二二年五月

* 梁國驊是小説家，從商，著有長篇小説《尋找摩登伽》。

且將新火試新茶——新詩

山後一片雲

（筆名）鳳溪

（一）

山後一片雲，

是誰在雲端笑我？

笑我——

辜負了一陣清風，

還自抖不落滿身塵土；

笑我——

身不由主，

還自拈花微笑。

（二）

山後一片雲，

是誰在雲端看我？

當夕陽在水，

海鷗自飛；

當燈花如畫，

人聲如潮；

在寒來暑往的輪迴；

在寂靜與熱鬧之間，

看我營營役役，

以星入，以星出；

看我戰戰兢兢，

問蒼生，問鬼神；

看我對人歡笑，

看我背人垂淚，

看我生兒育女，

看我兩鬢如霜。

（三）

風華，自是散入了惱人的春風；

我數幾顆星落，就數幾段青春的消逝；

而你啊，你就笑吧——

當你還能夠笑的時候！

寫於七二年八月

《詩風》第四期，一九七二年九月一日

今夜

（筆名）鳳溪

「訊息自大河裏來，

告訴我，

是誰還能看見──

去年今夜。

啊，光去無邊，光去無邊；

光來自太陽，散向茫茫宇宙。

億萬年後，在光的盡頭，

總還有一個地方，能看得見──

去年今夜；

只是，你寄來的明信片，

業已失落無蹤。

往者已矣

往者已矣

且讓塵歸於塵土歸於土，

緣份歸於命運，

重逢歸於夢中；

我只是想笑問：

你幾時啊，

還我一片溶溶月色。」

《詩風》第七期，一九七二年十一月

七色繽紛

（筆名）鳳溪

抱一夕之清澈冰冷，

弄夜色，

自沉沉清夜。

沉沉清夜。

銀漢遙遙天際，

而我和你，就造一隻船。

以星；

且教風起時，

盪一舟之七色繽紛，

化成靈眸點點，

漫乎天河，

笑看人間。

便織就一塊清澈冰冷之水晶，

以彩虹之七色繽紛，

憑海鷗之翼端；

邀乎天與海之際：

且教風起時，

散一海之浮光躍金，

而我和你，就在雲深處，
笑那將沉的太陽。

寫於七三年二月十四日情人節
《詩風》第十期，一九七三年三月

長歌行

（筆名）鳳溪

縱使以青眼朱弦

我調索按琴

歌一曲

百年憂恨

亦只能　喚起日長無奈

歎西風險惡

送落花飛舞中州

扶殘醉展書風裏

猶記駐馬胡邊　燕然勒看

萬方長拜

絲　綢　國

清角橫空連雲起

杜鵑聲咽

寒徹昆明池水

且待旌旗重飄處

飄出山南山北

可汗點將　傳煙大漠

年年世事
羅馬城傾天外
唐人長刀如雪
唯念江流千轉不回頭
繁華散入胡騎裏

又見鐵馬金戈　頻催戰鼓
矢石漫天捲起巍峨
大都引英雄競折腰
匆匆花落
胡馬乘北風歸去
百萬樓船下西洋
候得數世昇平
北風又隨胡塵落

弱柳隨風悲老大
震天寶劍久沉埋
胡人胡馬踐中原
洋人洋船從海至
錯舉降旗出石頭
上國天朝入暮秋
燕京又簽城下約
蓬萊拱手讓東洲
宮門深鎖化煙飛

眾狼喋喋驚且喜

驀然間　旋天轉地

一片海棠葉載不動許多愁

春水滔滔

難洗卻

層　層　血　跡

桃花扇上

但見魂魄懸空骨化灰

舉頭一陣腥紅雨

啊啊天地之不仁以萬物為芻狗

　　　人心之險惡使山川為洪爐

千里外　吹來一陣風

輕輕地

依依楊柳

楊柳依依

昔我折柳尋梅

檢一囊故國簫聲

一地的落花化作春泥塵土

寒月溶溶照我

以冷冷的光

照我聽殘更漏

照我遙依北斗

溶溶月　溶溶月
且讓我低首沉吟
而星辰將逝
總念薔薇謝後
紅雨還須梳洗

《詩風》第十七期，一九七三年十月

給自己——一九七三

（筆名）雅倫

小小風鈴
既沒有風
又沒有鈴子
居然便響個叮噹

《詩風》第十八期，一九七三年十一月

求職婦人

斜日鋪在你背上

一身舊花布衣，破黑布鞋

不遠的打石廠

吹來陣陣風沙

蓋你一身

陽光也深沉了

你勉強的笑容

　　　先生，請問請不請校工？

污黃的牙齒，菜色的臉

手攏在圍裙袋裏

兩鬢的斑跡是白髮還是石灰？

　　　（為什麼總還記住，你茫然的眼神）

斜日鋪在你背上

漫長的斜路鋪在你面前

你只默默地行、百無聊賴

似乎還有整下午的時間

可是，回去之後

也許有張開的口等你

　　　攤開的手向你

地盤已經停工罷？

本來不甚懂的國際貿易經濟原則

期金與股票

只是一春的報漲，這日子

誰還説無知是一種幸運

　　　　（先生，請問請不請校工？）

賺錢的竅門你不懂

而只知道

或者飢餓的腹你要填

教育也漲價了，上學的孩子要多拿錢

你要孩子上學

使他們比你更多機會

比你更幸福

可是，地盤已經停工了

　　　　（為什麼總還看見，你勉強的笑容？）

斜日遲遲在你背上

一肩社會的冷笑

斜斜的路你慢慢的爬

陽光下，蓋你一身風沙

百無聊賴，你踱向的路盡頭

那裏有一群木屋

希望你還不知有貴租的事

在這路的盡頭處

且讓你有一枝棲

一九七四年四月七日初稿

六月五日脫稿

（編者按：發表於香港藝術中心與歌德協會聯合主辦之詩歌朗誦晚會
場刊，舉行日期在一九七五年一月廿八日及二月十八日，地點在香
港中環國際大廈十一樓歌德協會會所。）

無題兩首

(一)

長堤如煙，
這場上的花傘今在否？
踱一個無盡的圓，
隱隱又踱完一下午。

園裏柔條似催着春，
暖人的風吹綠了眼簾；
請問，這眼前的綠，
可曾比那年褪色？

那年的風吹綠了長堤，
長堤如煙，
　　撐傘人在煙波裏，
　　看你一枝瀟灑，
像風前的臘梅。

芳園已是，花深無地，
只為這綿綿的春苦我，
踱一個無盡的圓，
隱隱又踱完一下午。

18

（二）

捧着玲瓏月色
清清的掌紋向你
倘你的眼波能展示未來
請不要告訴我
你在我掌心的位置

微風吹散了孤寂的雲
星星閃動亙古的眼睛
看清掌上的線條
算是複雜是純美

誰　誰還管明天
如果今夜我有權選擇
我將以一闋宋詞伴枕
且摟一縷芬芳
睡一朵墨荷到天明

《潤田文采》，二〇〇六年六月

尋龍訣

古來文章，以雕縟成體，豈取騶奭之群言雕龍也？

——《文心雕龍・序志》

雲密峰頭探囊展卷[註1]

撒出一天松雨

涓涓琵琶，水面約住飛花

翠禽與輕蟬，在反照中唱晚

想見破帽戀頭玉梳怯鬢

明燈空局，塵浣淡了濕紅恨墨[註2]

星夜，藏下幾層月色？

唉，那已老猶未老的詞筆

寫下多少、人間慮

千古意

突然孤電劃破九疊雲浪湧上沙磧

點一盞菩提葉燈

念雪似梅花，梅花似雪

似和不似都是身如泡露

註1：姜白石遊衡山雲密峰，遇仙人，授以雕龍秘訣。事見其《詩
　　　說・自序》。
註2：空局，指局中無棋子，諧音「無期」，後會無期也。

就衣我以雲衣，裳我以白霓
一葉瓊軻走遍
十洲三島的重岩疊嶂塵土屐蹤
懸泉濺瀑急湍飛喧
驀然回首，卻仍都是、說不盡的人間慮
千古意

《最愛的一首詩》，二〇一九年十二月

（編者按：此詩最初以〈刻意〉為題，後來改寫為〈尋龍訣〉，前後之作意念、辭藻相近，也反映出作者頗喜歡把舊作修改、增潤。分別在於〈尋龍訣〉以《文心雕龍》為引子，帶出了雕龍繡虎這標杆，暗示自己以寫作為終身志業。譚福基說陳耀南教授是《文心雕龍》專家，當年為赴高考，便在堂上錄下講課，然後反覆溫習。學問，如此積累；志向，這樣薰陶。

姜白石是他最欣賞的詞人，生命最後數載光陰專注於白石詞，著有《蝴蝶一生花裏——八百年前姜夔情詞探隱》，此書乃研究白石情詞必讀之作，足可藏之名山。）

送別——十八行

靈前我們互相凝視
帶來六十枝白玫瑰
一枝一葉，葉葉年華逝水
總難相信，活潑跳脫的你
就突然，困在一幀遺照內
永遠，不得脫身

岸上繁花籠簇
東風吹散送別的白髮
眉前眼底，芳春已老
又一年，負了百花新媚
此刻，你在船上
我們，在渡頭

算是錦纜牙檣
帆上有燕子呢喃
岸邊有飛花緩客
你的孤影在水中
徐徐，褪入斜陽煙靄
幻作，一壁小幅橫窗

Facebook，二〇二一年二月二十二日

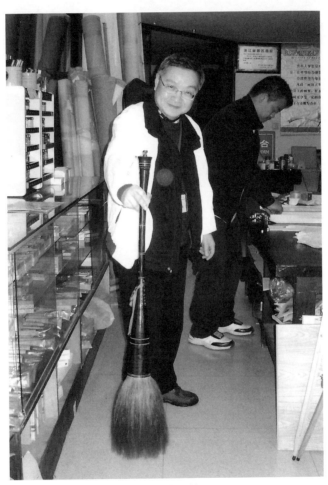

作者譚福基

第二輯

詩國無國界——譯詩

我再不知道有夜

ODYSSEAS ELYTIS

我不再知道有夜，這死亡可怖的虛無

一旅星船碇泊在我心裏的小港

噢長庚星，哨兵，你可以閃亮

旁邊是海島上天藍的微風

在嵯峨的頂上夢着我宣布黎明

我雙眼要你啟航且摟抱着

我真心的星：我不再知道有夜

我不再知道這屏拒我的世界裏面的名字

我清晰地閱讀貝殼、葉和星星

在天的路上吾恨已屬多餘

除非有一個夢再監視我

當我帶淚走在不朽的海的邊上

噢長庚星，在你金色火燄的弧影下

我不再知道有夜，夜只是夜吧了。

《詩風》第八十九期，一九七九年十二月一日

（編者按：ODYSSEAS ELYTIS，1911-1996，希臘詩人，曾獲諾貝爾
文學獎。）

福廷布拉斯輓歌——給C. M.

ZBIGNIEW HERBERT

王子現在我們獨對可以坦誠地談談

雖然你躺在梯級上只見到一隻死蟻

什麼也看不見除了射出斷續光線的黑太陽

見到你的手我總忍不住微笑

而現在它們像墮下的鳥巢般躺在石上

它們如以往般不設防結局就是這樣

手掌攤開劍離開頭分開

而武士的腳在柔軟的便鞋裏

你從不是軍人但將有一個軍人的葬禮

此乃我唯一稍懂的禮儀

無燭無歌只有導火線和炮響

黑紗拖地頭盔軍靴大炮戰馬

　　鼓聲鼓聲我不識任何精緻之物

那些將是我開始統治之前的演習

一個人要抽住城市的頸搖幾搖

無論如何你要毀滅哈姆雷特你不屬於生活

你相信淨化的意念而不是人的身體

常常抽搐像睡着了你狩獵怪獸

如狼般你啃咬空氣只為了嘔吐

你不知人間事你甚至不知如何

　　呼吸

現在你得到平安哈姆雷特你已成就你

　　所需要做的

你得到平安餘下的不是靜默而是屬於我的

你選擇了較容易的部分優美的前刺

但英雄式的死亡又算什麼如果

和永恒的守望比較

有人坐在窄椅上手中一隻冷蘋果

看蟻塚和鐘面

再見王子我有工作要做，一套陰溝改建計劃

和處理娼妓與乞丐的法例

我還要精心設計一個更好的監獄制度

因為正如你曾中肯地說丹麥是一座監獄

我要做我的事了今夜誕生

一顆名叫哈姆雷特的星我們將永不相遇

我將要留下的並不足以稱為悲劇

我們其實不可能互相招呼或者說再見我們住在群島上

住在那水上這些文字它們可以做什麼王子他們可以做什麼

（譯者註：福廷布拉斯，挪威王子，莎士比亞悲劇《哈姆雷特》
中的一個角色，主角哈姆雷特死後，福廷布拉斯負責收拾殘局。）

轉譯自 Czeslaw Milosz 之英譯

《詩風》第一百期，一九八一年十月

（編者按：ZBIGNIEW HERBERT，1924-1998，波蘭詩人。英語譯者
Czeolaw Milosz，1911-2004，波蘭裔美國詩人，諾貝爾文學獎得
主。）

困難的工作

JOHN ASHBERY

他們預備再次開始：
問題，旗杆上新的小旗
在一個斷言是真實的傳奇裏。

大約這時太陽開始用它的影子
側面切割西半球，它的節日回響，
逃走的土地在不同的名下集中。
歡樂之後是空白，普通人一定要離開
進入擱淺的夜，因為他的命運
要兩手空空地回來
從流逝的時間所引起的輕鬆裏。它只是
空中樓閣，擅於抓捉過去
並且擁有它，雖然要受痛。而路上沒有障礙
現在為了直接掌握那時間
在那侵蝕的物質裏他首次發現如何呼吸。

看你做了甚麼。瞪着你所做的猥褻，
可是如果這是遺憾，
它們只輕輕打動晚餐後玩耍的孩子，

枕頭的承諾和未來晚上的許多情思。

我計劃在此少駐片時

因這只是片刻，洞察的片刻，

而我有旅程要趕，

焦慮的最後一層在形成時

消失，像朝聖者留下的里數。

《詩風》第一百期，一九八一年十月

（編者按：JOHN ASHBERY，1927-2017，美國詩人，曾獲普立茲詩歌獎。）

文字與行動

ROBERT FINCH

文字不是一切，字義也不是，
而且文字之間的停頓一定要算作
它們的一部分，所以不要對停頓大意
當是毫無貢獻的只為停頓而停頓，
文字是訊號，聲音，口音，發音，
音度，強度，歷史，走樣的記憶
使天花亂墜，一種被清晰而分散的
抑揚所縈繞着的沉思
而且，文字是充溢的心靈
在耳際或紙上優美的延續。
文字能把激流匯成聖池，供醒者
洗濯，心靈能使激流生氣盎然。
可是無論文字是虛構還是事實，
行動倚靠文字仍少於文字倚靠行動。

《詩風》第一百期，一九八一年十月

（編者按：ROBERT FINCH，1900-1995，加拿大詩人，曾獲總督獎。）

大自然

JOHN UPDIKE

是這樣一個感人的孩子。

當他的第一位妻子和他

建造他們的網球場時，

他們要移植杉樹

圍着球場，

造一個風屏。

他們發覺掘土的工作困難，

手推運泥車也不方便，

於是他們只移植了一棵，

在場的角落。

現在，很多年後，回來

放下一個孩子，

他看見那棵被遺忘的杉樹

已經長高得足夠

成為風屏的一部分

如果這裏有其他的樹，

如果這樹不是獨自生長。

《詩風》第一百期，一九八一年十月

（編者按：JOHN UPDIKE，1932-2009，美國詩人，曾獲普立茲詩歌獎。）

慢蟲（蛇蜥）

JOHN HEATH-STUBBS

慢蟲，脆弱而無害，
但不盲——他的眼睛頗動人；
他的身體有銀和銅閃爍。

盲蟲並不慢。他潛隨
遲鈍的蛞蝓，但不是沒有
本身的靈巧。

慢蟲不是蟲，只是受誣：
不過是一隻蜥蜴，行動而沒有腳。
他能真正得救，全靠本身的脆弱。

《詩風》第一百期，一九八一年十月

（編者按：JOHN HEATH-STUBBS，1918-2006，英國詩人，曾獲女王
詩歌獎章。）

祝丹納生日

W. S. MERWIN

某種感覺繼續而　我不知怎樣形容它
雖然語言充滿聯想
以語言的方式
　　　　　　　　但它們全是無名的
那幾乎是你淪肌浹髓的生日　音樂

這些晚上我們聽群馬　在雨中奔跑
雨停，月出　而我們仍在這裏
屋頂的漏洞繼續滴水　雨過後
薑花的香氣　偷偷穿過暗室
傳近大海　燈塔的緩慢的心閃耀

通往你的長途仍連繫着我　但它帶我到你處
我不斷希望給你　那已經屬於你的
這是早上　我們在一起的那些早上
夏天的呼吸　噢我找尋到的人
在同一水流裏的睡眠　和每次對你的清醒

當我張開眼睛　你是我所希望看到的

《詩風》第一百期，一九八一年十月

（編者按：W. S. MERWIN，1927-2019，美國詩人，曾獲普立茲詩歌獎。）

途中 —— 給哈里和凱思林

我們沉落

經年不變的灰暗時

緊抓的雜物，或可把我們

從這堆凌亂拯救出來，或者至少

使凌亂清晰可見——無怪

它們變得奇妙，

　　　　　　　樓止在

五樓這個書房，

在紐約一家寬敞的公寓，

那些房子，每一間都舒適地排列了

高達房頂的書架，書

挨着書，美術書、錄音帶，

有如關拉斯固山洞的圖畫，

那隻似鼠的小貓，裝着彈簧的

東西，把影子投過

房間，另一隻，鬼祟，

多刺，弓着背坐在最頂層的書上，

一個夠灰暗的日子，聖誕

前一日，在河畔，

巴士颼颼馳過，那些建築物，

它們昨晚閃耀着拜占庭色彩

如聖誕本身，今天早上

卻像薄霧造成的臃腫的剪影，

從河中升起，

　　　　　　坐在

吾友桌旁，抽屜裏

無疑雜放着明信片，

信件、帳單，像被遺忘的旅程

揉皺了的帆，我們到

遠東的旅程很快就要來臨，

他和凱思林在羅馬

觀光或者如我所幻想的，

在這時刻可能置身於

威尼斯的平底輕舟裏泛遊着，那波浪

是一幅拜占庭圖畫，被風吹成不同的形狀

活潑多變如它們的色彩，

　　　　　　我

抓緊不屬於我的東西，

這瓶膠水，緊黏

不動，那筆插裏的鉛筆，
那打字機和其上一層
又一層的眾人在等人——
然後它喝倒采，喝采——去控制
運用，能夠作出
不知何種快如電閃的
文句能夠立即刺進
我們寧願一直蓋起來的
傷口
　　　　並且撫慰它們
用某種新發現，
某種接近頓悟的事物的
療傷膏油。
　　　　透過堆在
窗台上的植物我瞇眼
望出窗外，希望這日子，
像瓶裏的膠水，至少可以
保存自我的完整

　　　　然後說
它，就如在桌上歇息的
電話，包含
各樣的口信可以在瞬息間
找到我，如被一個尖叫或貓般快速的音樂

射中一個目標，

用思家的鄉愁，到處

觸摸，歸家的笑聲。

啊

難道這不快的感覺，這

未經執拾如一張睡過很多次的

牀的感覺，這凌亂的一堆，

被踐踢，踩踏，一再

褪色的葉子，到處的辛酸灰暗

要套着套着套着我？

《詩風》第一百期，一九八一年十月

（編者按：THEODORE WEISS，1916-2003，美國詩人，曾獲古根漢
獎學金。）

就算他這樣死去又如何？

WOLE SOYINKA

給維克托・賓祖
並給喬治・傑克遜
和所有人士，所有人士，所有人士

他不是愛日出少些
但的確，如愛的撫摸
此祈望一定引向彈簧裝置。

也非耳聾目盲
為了美麗的承諾而活，為了輕鬆時刻的
歡笑，但這一切，他設法
封緘和永存
在饑饉的面容上。

知識不是一隻黃金碟
拿來在特權的餐桌上盛餐
而是一把建造深厚基礎的小鏟子
在一個妙手石匠裝有瞄準器的手指裏。

他們對他説，不要理會
當恐怖的風撕開
他鄰家的門扉。

他們絕緣的牆外
他感到自己的眼皮枯萎
在搶掠的火中。日間的錯誤
和夜間的哭喊燒紅了
他思想空間裏的裂縫。

所以他出發　尋找
尋找會用富庶
滿足憎恨和恐懼的要求的東西。

他渴求地望向
如海的草原的表面
尋求駕馭它們未經開發的深淵，

為了對稱去量度風
並在大地的輪上
為迷惑的心靈放置羅盤

他在一間滿藏內在價值的寶室
驚歎，努力把

時間的飛逝訊息

巍然描繪出來，變成花崗拱門

那拱門，跨越過去的土崩

即使面對盲目劫掠，

即使置身於踩躪的火焰，他仍渴望

控制事態的變化

他燃起火炬，應偉大行列的

傳召——而結果又如何呢？

就算他這樣死去

成為恐懼的祭壇上燒過的祭品又如何？

《詩風》第一百期，一九八一年十月

（編者按：WOLE SOYINKA，1934-，尼日尼亞詩人，曾獲諾貝爾文
學獎。）

我的夢也無盡

BISHNU DEY

我的夢也無盡

我的思想不知疲勞，

卻有樹枝的萎縮的聲音，

卻有平野和草原上麻木的冷，

和天空不停的淚。

生命是伸長脖子在期望——

期望，或是否一個複雜的調子！

碳在欲望的深冷裏變紅，

在那貧困的處境，需要和獲得原是一樣，

在身體可以看見思想，在掌握中可以見到很遠。

沒有你我不要平和，

我不停的需要你，

黃蝶花在盛放間變紅，那也是在等待，

那是我心的熾熱的光輝。

認識你的都得不到安寧，

永不，在他的一生中，在這顆鑽石的一生中。

《詩風》第一百期，一九八一年十月

（編者按：BISHNU DEY，1909-1982，印度詩人，曾獲印度最高文學
獎。此詩轉譯自作者英譯。）

美夢

DENISE LEVERTOV

歡欣
為了我們重遇
我們笑着打滾
在一張大牀上滾來滾去

這歡樂
並不是狹義的
性愛——也不狹窄，
不管從哪一個角度看。
而是

所有的障礙，
每一阻隔——屬於歷史的，
屬於後天焦慮的，
屬於錯誤的地方和時間的——

都沉沒了，
消失了。
那是

兩條河

在大海深處相遇的歡樂。

《詩風》第一百期，一九八一年十月

（編者按：DENISE LEVERTOV，1923-1997，美國詩人，曾獲古根漢
獎學金。）

無助的蒐集者

NORMAN MacCAIG

事情來臨
帶給我禮物——
多過，正如人們說，海的沙，
多過，正如人們更多時說，天空的星星。

沒有拒絕。

我滿懷歡欣，擁有
使我喜悅的東西。我只設法
管理
我憎厭的東西

它們不讓我這樣做。

我把扭曲的面具
放在精緻的瓶子後
它卻移上前來。

《詩風》第一百期，一九八一年十月

（編者按：NORMAN MacCAIG，1910-1996，蘇格蘭詩人，曾獲女王
詩歌金獎。譯者譚福基有天在書店翻閱新書，無意中拿起《歐美現
代詩選》，此書厚五百多頁，是瀋陽春風文藝出版社一九八九年印行
的第一版，赫然發現自己翻譯諾曼・麥凱格（NORMAN MacCAIG）的
〈無助的蒐集者〉給選入了。事前他一無所知，驀地竟與自己的譯詩
相逢，當下驚喜交集。瀋陽墨痕，英詩中譯，文化匯點，給春風吹
到眼前，可見詩國無疆，人生也充滿奇逢。）

駕車回家

VICKIE KARP

新月份。
鳥兒在圍欄上
轉一次身，你望着
十月，好像它是
銅造的。

通道上有霧，
很多濕潤的石頭巖巘分裂

像滿口老掉的牙，
葉是一把襤褸的風箏，
在楓樹纖長的手指間
散落。

另一哩路，是你十二年前
遺失的風箏。
一隻野狗
在你記憶背後已經安頓了的劫運裏
吠叫。

還有三個鐘頭看着你的手

就好像它們是

秋天最後的兩片葉。

山惺忪輾轉

恍如往事聳起

闊大的背脊。

《詩風》第一一一期，一九八三年八月一日

（編者按：VICKIE KARP，1953 - ，美國詩人。）

貓頭鷹

VICKIE KARP

我頭上有一個看不見的屋頂，

一株樹的枝葉

掛着中國文字，一隻貓頭鷹

蹲縮其中，像一粒種籽。

甚至現在我搔抓自己醒來

就像我所見的樹林搔抓它的皮膚

從棕到綠。當我

已頗疲倦，面前的湖

展開，像一幅薄薄的月光圖，

理由不過是

回家的旅程。

《詩風》第一一一期，一九八三年八月一日

（編者按：

1. VICKIE KARP，1953 - ，美國詩人。

2. 十四首譯詩中，九首已載於《詩風一百期紀念專號——世界現代
   詩粹》。《詩風》全人對詩的奉獻，疏影依稀，暗香浮動。）

第三輯

巧聯妙對——

對聯

頌師恩

耀德英華十載幸從高士駕

南榮草木七旬猶放傲霜花

      ——賀陳耀南教授七十大壽（二○一一年）

耀德英華才十載

南榮草木又多年

      ——賀陳耀南教授七十五大壽（二○一六年）

（編者按：以上兩聯為嵌名對，把「耀南」二字嵌於句首。譚福基是「牛津道上的孩子」，這孩子中學時代幸遇陳耀南副校長，師恩引渡，領他走進「明德格物」的香港大學。「滴水之恩，當湧泉相報」（《朱子家訓》）這美德，在譚福基身上體現了。他以對聯、七律、書函、散文來銘刻師恩。情貴在真，人貴在德；高山流水，曲長歌曼。）

勸勤學

1

負郭①漫成無俗念

枕山閒讀五車書

（①東華三院吳祥川紀念中學坐落市郊背靠一小山）

——一九九七年

2

鋪采摛文心澤潤

拾年筆墨尚餘溫

——賀《潤田文采》出版十周年

二〇〇八年

3

溫故知新　四十韶光參化育

親師樂友　八千子弟與斯文

——二〇一〇年

4

閱世間人情物理

探書海大道天機

——二〇一三年

詠東華

1

張大德以庇群生其發政施仁不憚夕寐宵興

計日程功恢民時佐

重熙累洽宏我東華

履芳跡而趨雅步乃同條共貫總期槁蘇暍醒

——二〇一一年

2

東島即慈航百四十年多歷艱屯猶幸策定箕籌

視履考祥代有高明隆偉業

醫扶安教更推保育協天和

華夏今盛世億千萬眾同霑廣運且看仁孚區宇

——二〇一一年

（編者按：以上兩聯俱為長聯，依行數讀，是1→2→4→3，第一聯五十二字，依句讀是7－5－6－4－4；第二聯六十字，依句讀是5－8－6－4－7。長聯結撰，很考功力，其中孫髯翁〈昆明滇池大觀樓〉一百八十字長聯向稱天下第一。長聯多半懸於寬牆或門庭左右楹柱，往往一行不足，另起次行。未諳的常會錯怪楹聯不符對偶，亦會把長聯次序顛倒，甚至會把根本不是一聯的當作一聯。原來兩行或以上的長聯，上聯從右而左，下聯既可以從右而左，亦可以從左而右，誤會由此而起。如此擺置對聯，原因在於對聯非常講

求視覺上的對稱美。有興趣的讀者不妨看看陳耀南教授的《巧聯萃賞》，頁52-54。）

3
天樂人和登杏圃
羹牆文物赴蘭臺

二〇二〇年，東華三院慶祝一百五十周年，因疫情延至今日（二〇二一年三月三日）方舉行重修文物館門口楹聯開光酬神典禮。想像各區額楹聯煥然一新，華堂光耀，可謂盛遊俊賞矣。年前主事者邀余寫作對聯一副，並由鄒郎（志誠）法書，今日懸於大門入口，以垂永紀。

東華百年典冊已漸次修復，整舊如舊，觀之具見先賢奮鬥濟民、弘揚善業之精神，其中有華僑病歿異鄉，中介人致書東華，懇求協助骨殖歸葬桑梓，詞樸情真，令人欲淚。

玉潤瀾清[1]　懷保斯民[2]　天樂人和登杏圃[3]
家聲門緒　聿修[4]厥德　羹牆[5]文物[6]赴蘭臺[7]
　　　　　——東華三院文物館慶祝東華三院一百五十周年
　　　　　（二〇二〇年）紀念對聯

箋注

1　玉潤瀾清，《梁書・劉遵傳》：「其孝友淳深，立身貞固，內含玉潤，外表瀾清。」喻東華善業的參與者。

2 懷保斯民，《書無逸》：「徽柔懿恭，懷保小民。」

3 杏圃，南海中有杏圃洲，海上人云：仙人種杏處。漢時，嘗
有人舟行遇風，泊此洲五六日，日食杏，故免死。出自南朝
任昉《述異記》。

4 聿修，聿，發語詞；修，治。《詩・大雅・文王》：「無念爾
祖，聿修厥德。」（殷遺民沒有顧念祖宗，修好敬天愛民的品
德。）後引申為繼承發揚先人之德業。

5 羹牆，《後漢書・李固傳》：「昔堯殂之後，舜仰慕三年，坐則
見堯於牆，食則睹堯於羹。」後以「羹牆」為追念前輩或仰慕
聖賢的意思。

6 文物，《左傳・桓公二年》：「夫德，儉而有度，登降有數，文
物以紀之，聲明以發之。」後泛指歷代遺留下來足以反映社會
或組織文化發展面貌的文獻、器物、聲錄、視頻等。

7 蘭臺，漢代宮內藏書之處，此喻文物館。

説明

家聲門緒，不與玉潤瀾清相對。這裏玉潤對瀾清，家聲對門
緒；天樂人和與羹牆文物亦如此，屬對聯技巧中的句中對。

家聲門緒，《陳書・程文季傳》：「纂承門緒，克荷家聲。」比喻
家族或組織內日久形成的傳統。

語譯

上聯：東華三院善業的參與者懷抱保護老百姓，人和天樂，一

同造就一個光明世界。

下聯：到文物館參觀文物，承傳東華傳統，追念先賢之德，把東華事業發揚光大。

（編者按：以上一聯運用了對聯技巧之句中對，亦運用了常見的上下聯相對。茲表列如下：）

		句中對		
上聯	第一句	玉潤		瀾清
	第三句	天樂	對	人和
下聯	第一句	家聲		門緒
	第三句	羹牆		文物

	上下聯相對		
	上聯		下聯
第三句	登杏圃	對	赴蘭臺

4

百五十年量水調羹[1]　旋斡[2]問仙方　時駕紫騮[3]奔杏圃[4]

數千萬頁家聲門緒　聿修[5]思砥礪[6]　恭尋文物[7]上蘭臺[8]

——二〇二〇年

箋注

1 量水調糜，清‧黃景仁《途中遘病頗劇，愴然作詩》：「調糜量水人誰在？況值傾囊無一錢。」量水，注意病人飲用水的溫度；調糜，煮粥。

2 旋斡，明‧劉基《郁離子‧九難》：「靈藥千名，神農所嘗。起死回生，旋陰斡陽。」

3 紫騮，古駿馬名，見《南史‧羊侃傳》。

4 杏圃，南海中有杏圃洲，海上人云：仙人種杏處。漢時，嘗有人舟行遇風，泊此洲五六日，日食杏，故免死。出自南朝任昉《述異記》。

5 聿修，聿，發語詞；修，治。《詩‧大雅‧文王》：「無念爾祖，聿修厥德。」（殷遺民沒有顧念祖宗，修好敬天愛民的品德。）後引申為繼承發揚先人之德業。

6 砥礪，磨刀石，出《山海經‧西山經》，引申為磨厲。

7 文物，《左傳‧桓公二年》：「夫德，儉而有度，登降有數，文物以紀之，聲明以發之。」後泛指歷代遺留下來足以反映社會或組織文化發展面貌的文獻、器物、聲錄、視頻等。

8 蘭臺，漢代宮內藏書之處，此喻文物館。

說明

家聲門緒，不與量水調糜相對。這裏量水對調糜，家聲對門緒，屬對聯技巧中的句中對。

家聲門緒，《陳書‧程文季傳》：「纂承門緒，克荷家聲。」比喻家族或組織內日久形成的傳統。

語譯

上聯：東華三院一百五十年來醫治病人，為求起死回生，多方尋找仙丹靈藥。

下聯：館中眾多文獻，形成東華傳統。後人須以承傳為己任，磨厲意志，把東華事業發揚光大。

東華三院文物館慶祝東華三院一百五十周年（2020年）紀念對聯，懸掛於文物館大門楹柱。遠觀則金華璀燦，寶光流動；細讀則醇厚雍和，莊敬肅穆，由譚福基結撰。（相片提供：東華三院文物館）

璧合珩配，學富筆道；崇古尚雅，含英咀華；軒昂於上，金燦其中。
（相片提供：東華三院文物館）

家聲門緒，聿修厥德，龑牆文物赴蘭臺
（這下聯從左讀 → →）

圃杏登和人樂天，民斯保懷，清瀾潤玉
（←←讀右從聯上這）

第四辑

花暖月偏寒——散文

遊台散記

來自南方的過客

「晚上睡得好嗎?」準上午九時,余光中先生便踏進華王酒店的大堂。

「還好!還好!」我們齊聲說。其實我們在七點多便起了牀,趁早溜到街上。華王這邊不屬於繁華區域,車輛不多,也沒有幾個行人。大街兩旁的樓宇多只四、五層高,店鋪仍未開門營業。我們在街頭蹓躂,享受一個難得的、寧靜的早上。

「走,到中山大學去。」余先生領着我們坐進他的小汽車。余先生小心地駕着車子,我坐在後廂,望着他灰白的頭髮,便如昨晚坐他的車子去華王一般,悠然憶起一些陳年舊事。

昨天下午我在細雨中趁上計程車趕赴機場,車子從北角兜上東區走廊,經東區海底隧道、機場隧道,我還來不及讚美香港的交通設施,車子已直達啟德,全程不需二十分鐘。在華航客櫃旁會合了羈魂、王偉明,三人左右盼望,才見吳美筠翩然而至。離港只需身份證,入台則只需入台證,我緊緊抓着的BDTC,一時間竟成了多餘之物。

我們進入候機室找尋鍾玲女士。承余先生相告,鍾女士自曼谷回高雄中山大學,在香港轉機,乘的也是華航六二四,和我們同班。鍾女士在香港大學中文系時,曾指導美筠寫作碩士

71

論文，此際不期而遇，美筠喜何如之？亦見人世有緣，乃多添巧合。

四月十日下午八時三十分，華航六二四班機衝天而起，四十五分鐘後在高雄着陸，羈魂說比他從學校回家還要快。鍾女士和我最先走進接機大堂，一眼便看見了余先生和余夫人范我存女士。余先生介紹我認識了黑實高大的攝影家王慶華先生；另外還有《心臟詩刊》五位朋友來接機。主人比客人還要多，我久聞台灣人熱情好客，此際親自體驗，堪稱名不虛傳。

此刻車子在高雄清晨的街道上兜轉，不一會便奔到海邊。

「有大船入港了。」余先生遙指遠方水天相接處，雀躍一如孩子。我坐在後廂，眼前便是余先生灰白的頭髮。

> 機場中發覺你已脫下
> 十多年前五陵少年的青春；
> 時間已盤據在你頭上
> 蠶食黑髮，留下斑白。
> 於是我更知道，時間
> 對誰，都不賣帳……

這是黃國彬致余先生的〈五陵少年〉，寫於一九七三年六月三日。那年六月是《詩風》創刊周年，詩風社邀請余先生訪港主持朗誦會，我出任司儀，初識余先生。今日，是一九九〇年四月十一日，車子在春日的陽光中穩穩向前，車中四人，余先生與偉明在前座閒談，羈魂在我身旁閉目養神，都已是十多年的舊識，歲月誠然是公平的，對誰都不賣帳。

車子就停在路邊，我們背着石堤照相，同時進入鏡頭的，也有進出巷口的船，和藍天碧水的台灣海峽。

台灣國立中山大學背靠萬壽山，面向太平洋，和煙靄之後的神州大地。三、五建築群，大多只有幾層高，一體的褐紅色，寬闊寧靜，確是藏修息遊的好地方。我們隨着余先生進入了他的文學院院長辦公室，窗外是萬頃一碧，水波不興；窗內則書櫥繞室，隨處是余先生的著作或主編的書籍。

閒談了一會，王慶華先生翩然而來；不久，美筠的笑聲在門外響起。昨夜她隨師傅鍾玲回家，兩師徒促膝一宵，今早方來歸隊。

「走，我們到墾丁去。」余先生率先登車，和美筠坐上鍾女士的「寶馬」，與鍾女士的愛犬暫作比鄰；我們三人便走上王先生的座駕，車塵漠漠，奔赴南天。

細雨迷濛出墾丁

在台灣省畜產試驗所恒春分所住了一晚，清晨的墾丁，沐在細細的春雨中。我在草地上深深地吸氣，潤濕的風，帶着微微的草香和牛羊的氣息。這時王慶華先生攜着幾瓶試驗所出產的新鮮牛乳，和熱騰騰的饅頭出來。王先生曾受墾丁國家公園之託，替墾丁拍了一輯照片，並由余先生為各照配上來自不同詩人的詩句，印成書冊。由王先生帶領我們漫遊墾丁，區內一萬七千七百三十一公頃的土地，如在掌心。

台灣極南地形有如長短雙足，短者在西，其端為貓鼻頭；

長者在東，其端稱鵝鑾鼻。昨日午間到達墾丁小鎮，飯後便在
貓鼻頭那一足轉來轉去。我們先到管理處觀看介紹墾丁國家
公園創建經過的影片，便上關山，迎着海風飛揚，遠眺台灣海
峽。由關山經龍鑾潭，來此過冬的澤鳧業已歸鄉，悠悠潭水，
竟不聞一鳥喧聲。訪鎮南宮後，便直下珊瑚礁海岸的貓鼻頭，
細味巴士海峽的濤浪。時近黃昏，我們匆匆向北，還好及時看
到萬里桐的落日。

　　四月十二日清晨，車子衝開細雨，在墾丁的東部飛馳。我
們直上社頂——墾丁最高處，然後經船帆石，便抵達台灣極南
的鵝鑾鼻。沿途看見一些旅舍正在興建，大自然的景觀已可引
人迷醉，倒不必求諸其他。

　　自鵝鑾鼻北上，在風吹砂稍作停駐。黃土之下是懸崖，太
平洋吹來的風，使人步履不穩。然後我們便到了最後一站，由
砂岩構成的佳樂水。我們在海邊的石排上紛擾一番，而不遠處
卻有一位灰衣女尼穩坐石上，對着太平洋的海浪沉思默想，紋
風不動。

　　車子北返高雄，我看着路旁的幽林秀草，或者萬頃良田，
想起大陸壯丁來台灣墾荒的講法，和《左傳》上記載楚國先人若
敖、蚡冒「篳路藍縷，以啟山林」的事……。

夜雨高雄

　　昨晚，「墾丁旅行團」諸君在飽覽墾丁、恒春兩鎮夜色之
餘，齊臥於畜產所宿舍門前草地上，觀星論文，沏茶啖蔗；今

夜，我們卻已置身於高雄雨中。

夜色沉沉，華燈閃爍，我們坐上《心臟詩刊》社長王中立兄的車子，衝雨而過，然後到了一座新型大廈，走入地窖的「積禪藝術中心」，要了個房間茗茶談天。

我們只有兩夜留在高雄，但和《心臟詩刊》諸君業經三會，認識了黃欉富、俊良、王東海、顏鈴津、楊金鳳、葉碧霞諸位朋友。《心臟詩刊》創刊於一九八三年三月一日，現時已出至第十四期，為半年刊，每期費用大約新台幣十萬元；毫不例外，詩刊都是賠本生意。但《心臟詩刊》同人有板有眼，誰人是社長、總編輯、執行主編等等，職有專司，責任清楚；至於《詩雙月刊》，則羈魂與偉明雙劍合璧，各人唯此二人馬首是瞻，樂得事事糊塗，一身輕鬆。

眾人談得興高采烈，唯欉富兄專心沏茶，一壺復一壺。此處如自備茶葉，淨飲每位亦收新台幣一百四十元。久聞台灣物價驚人，今日午間便乘着有空，跑了幾間店鋪、書局和百貨公司，辦些手信，雖不致面無人色，但亦不免大嘆台灣居之不易。

這時顏鈴津拿出她的近作給大家品評，我喜歡這一首：

> 深處撈起的
> 心事
> 是不習慣陽光的
> 濕淋淋的
> 撐不乾
> 只得晾在蔭處

風乾後

永久收藏。

出門時天地也是濕淋淋的擰不乾，夜深人靜，可是繽粉的霓虹光管仍在轉動，壓着濕地上的倒影，在細雨和晚風中幻化出迷人的姿采。我們別過初見面的朋友，便走入了溶溶夜色的高雄。

周道如矢

高雄的公車站就在火車站的旁邊。四月十三日上午八時十分，公車緩緩開出北上，經台南、新營、嘉義，午後便應到阿里山。

車上旅客不滿十人。我手握《台灣省交通手冊》，書上載有全省各縣市鄉鎮街道詳圖和全省公路網系統。我一時看看地圖，一時又瀏覽車窗外的景物，卻無端勾起了一些回憶。一九八三年的聖誕假期，我和偉明聯袂飛西雅圖訪陸健鴻夫婦。健鴻和我輪流駕着一輛小汽車，就奔馳在美國的高速公路上，衝風破雪，一時搶登高山，一時又直下湖畔。視野茫茫，公路一時畢直如矢，撐着方向盤的手長時間毋須移動；但一時卻又右轉左旋，使人手忙腳亂。就幾日間，我們出華盛頓州，過俄勒岡，在大雨中進入加利福尼亞州中部的三藩市；然後，我們又馳風北返，走訪加拿大的溫哥華。

一九八六年的暑假，我挈婦將雛，又來北美，到三藩市會

合陸健鴻和黃澤華。澤華兄先知先覺，在一九八三年已「走為上
着」，以旅遊身份入境，然後再想辦法。於其徬徨無聊之時，曾
發為文章，出版《花旗飛絮》一書。但澤華畢竟有辦法，現時已
是三藩市一位地產經紀，並取得綠卡。那年我和健鴻、澤華三
家人分坐兩車，從三藩市南下洛城和聖地牙哥，漫遊西岸；然
後，我和妻女直飛紐約訪友，乘車北上波士頓、多倫多，又南
下北卡羅連納州的莎洛城，看夠了美東的道路。路，是人走出
來的，是人建造起來的；山林不會無緣無故的自動挪開，方便
人類生活。此際八號公車已轉出高雄，向北疾衝，奔馳在中國
人的高速公路上。公路畢直伸向前方，左右各有三行行車線，
中間分隔處植以小灌木。公路兩旁是綠油油的平野和村屋。這
麼美的公路！

　　土地是公道的，人怎樣對待它，它便怎樣回報人。我在遊
墾丁時，看着漂亮的道路，青綠的山林和整齊的田野。我便想
起《易經》怎樣解釋「坤卦」。坤代表土地，《易》説：「坤厚載
物，德合無疆；含弘光大，品物咸亨。」地之性善，能生養萬
物；地之體厚，能負載萬物；地之面廣，能包容萬物。可是土
地也不是容易征服的啊。面對莽莽荒原，先人要沐風櫛雨，呼
噓毒癘，流汗流血，後人才有尺寸之土。《詩經》記載了幾首敍
述周民族昌大經過的詩，其中的《天作》説：「天作高山，太王
荒之。彼作矣，文王康之。彼徂矣岐，有夷之行。子孫保之！」
這是説，上天造了高山，周的先人太王古公亶父將它墾闢。他
開始經營，文王繼續治理。那險阻的岐山，才有了平坦的大
道。後人要常念創業維艱啊！

　　劉毓慶先生在《古樸的文學》指出《天作》稱頌太王、文王兩代經營岐山，對作周、務稷、建社、伐戎等大事一概不提，而只着重言最艱難的工作──開山築路。的確，有了完善的交通網，消息才靈通，貨物、文化才能交流，國家才能昌大。

　　若非國共之爭，國民政府沒有了「毋忘在莒」的精神，恐怕台灣便只是另一個海南島罷了。這時我又想起兩次在廣東坐車的經驗：一次自花縣往清遠，道路泥濘顛簸；一次自順德往中山，一條小泥路已為水淹，竟然尚可上下行車，路旁則水汪汪一片，坐車如坐船，各人均有老杜「春水船如天上坐，老年花似霧中看」之雅。這時公車已過新營，公路旁間有種植花木，兩旁的田疇已茁出新苗，遠山隱隱，在春靄中嘉義已在望。而《詩經‧大東》的名句在心中流過：「……周道如砥，其直如矢……維北有斗，不可以挹酒漿。……」今日下午，我們將登上台灣名嶽阿里山；明日破曉登巔，看雲海之外，祖國的大好山河！

一九九〇年四月十一日

（編者按：文中第二段提及BDTC，舊稱英國屬土公民〔British Dependant Territories citizen〕，是英國早年殖民統治香港時發給港人的護照，其後由BNO取代。）

左起：胡國賢、吳美筠、鍾玲、余光中、王偉明、譚福基。
（編者按：相片攝於 1990 年 4 月 12 日，三十一年後譚詩人
於同一日中風，翌日在天堂與余詩人論詩了。）（相片提供：鍾玲教授）

檢點閒愁在鬢華：《詩風》憶舊

「涼風有訊，秋月無邊⋯⋯」

這樣鬆軟的下午，如果你來可多好。我心裏唸着健鴻的詩句，車子轉上東區走廊，向機場進發。車廂裏瀰漫着這一曲《客途秋恨》，悲涼的南音，又喚起心底的一段記憶。大約是二十多年前了，我和健鴻同在大學一年級，一般的窮極無聊，於是在暑假一起到新蒲崗的工廠做搬運雜工；筋疲力盡時，就倒在貨倉的貨物上，耳畔便常聽得工場裏播着這個「涼風有訊，秋月無邊」。

一九七一年，我們終於大學畢業。拿着大學文憑，如果還要憤世嫉俗，那便難免矯情了。一九七二年春，接得健鴻一通電話，便糊裏糊塗的參加了詩風社，和郭懿言、黃國彬、胡國賢（羈魂）創辦《詩風》。其實我對新詩興趣不高，加入詩社純只為健鴻，因此事先聲明：只付錢，不工作。然而健鴻與國彬二人幹勁沖天，詩風社錢也要人也要，我眼看勢色不對，於是緊隨羈魂之後，援例請辭，走為上着。

車子駛過東區海隧。秋日溫和，景物在陽光下呈一片金黃色，十月，彷彿是銅造的。後來國彬常常說，在那段日子，羈魂和我已離社，健鴻暗慕懿言，卻不肯坦言，鬧情緒時便向他辭職，鬧得他這個「一人黨中央」啼笑皆非；幸好後期王偉明加

入分擔工作，《詩風》才可以辦下去。一九七六年春，我接到國彬的電話，力言《詩風》改版，召舊人回巢；我一時糊塗，竟然重為馮婦。

黃昏漸至，車子已駛上東區走廊。日暗途遠，我枯坐車中，山海流移。車程過處，前路似曾相識。一九八三年，在那些風雨滿城的日子裏，我們都覺得應該到北美一遊，看看那邊的風景。當時健鴻、懿言已結為夫婦，移居西雅圖，國彬家眷則在多倫多。於是聖誕節前我和偉明聯袂赴西雅圖訪健鴻、懿言夫婦。二十二日清晨，冷月在天，積雪鋪徑。健鴻和我們坐上小汽車直駛三藩市。兩地相距八百五十哩，算以七十哩的時速前進，全程超過十二小時。開始時我們有說有笑，興高采烈；三小時後，各人已如坐針氈，長程行車的痛苦逐漸發揮威力。下午，我替換駕車，在美國平直空闊的超級公路上馳騁。

表板顯示平均七十哩的時速，車外的景物緩緩經過。手錶的指針懶懶移動，而我的體力卻彷彿在迅速消減，撐着方向盤的手微微麻痺。山中多霧，濕潤了兩旁嶙峋的岩石和杉樹。

二十八日，我們趕回西雅圖，國彬自多倫多飛來會合。二十九日，下午大雨，氣溫在攝氏零度與四度之間徘徊。健鴻帶着我們去華盛頓州立大學亞洲系圖書館，最新的十二月號《詩風》第一一三期已經放在刊物架上了。健鴻借了鑰匙，興沖沖地領着我們乘升降機到期刊室去。一室幽复，高可兩層，我們沿鐵梯步落底層，架上放滿期刊的合訂本，以漢文、日文、韓文為主。國彬從架上取下姚蓬子一本小冊子翻視，笑羨他走入歷史；只怕姚先生的名氣，靠他的兒子之力多於自己的創作

吧。就在架上一處角落，放了《詩風》的合訂本和十數散冊。我輕輕撫摸，十載耕耘，如今尚盈一抱，少年情事，霎時都上心頭。

西雅圖冬日苦短，五點鐘已入黑，不免怏怏而歸。

次日驅車遊市區，仍然下雨。我們在車中談文論藝。國彬說他只寫了中國三大詩人，余光中先生認為蘇軾必不服氣，於是話題便圍繞着這位胡燕青口中的「掉了隊的唐人」，突然之間，坡公名句不覺在心中流過：「人生到處知何似？應似飛鴻踏雪泥；泥上偶然留指爪，鴻飛那復計東西。」又次日，國彬、偉明和我乘飛機回港，來時西雅圖少見的雪亦已溶化無迹了。

健鴻、懿言曾在一九八三年八月回港小住，臨走時詩風社七成員——健鴻、懿言、國彬、羈魂、偉明、燕青和我——同在干德道郭家聚會，拍照留念。之後君向瀟湘我向秦，星移物換，人事亦非，歲歲年年，唯有長留記憶而已。一九八四年六月，《詩風》停刊，詩風社風流雲散；同年九月，中英聯合聲明簽署。及一九八九年春，接得偉明電話，力邀共辦《詩雙月刊》。我心中長嘆：一之為甚其可再？再之為甚其可三？然而結果仍是重蹈覆轍。

> 二十年來一路挑燈夜讀
> 醒　燈還亮着　血液還流着
> 而那掌燈的孩子
> 已隱成後退的風景了
>
> ——陸健鴻〈少年遊〉

　　這樣鬆軟的下午，彷彿是銅做的十月。我望望腕錶，健鴻的飛機恐怕已到了。我心急起來，猛踏下油門，車子顛簸着直衝機場，直衝向，那掌燈的孩子，且讓歲月雕刻了風霜的臉互相凝視，看看還留下幾許少年的夢幻與理想；也讓鬢邊的華髮互相細問：「往日崎嶇還記否？路長人困蹇驢嘶。」

　　　　　　　《詩雙月刊》總第二十期，一九九二年十月一日
　　　　　　《星島日報》星辰版，一九九二年十月十四日，筆名李戈

（編者按：譚福基的筆名依次是葉鳳溪、鳳溪、雅倫、李戈。英華歲月寫作最為活躍，文章多發表於《中國學生周報》。他在六十八歲，即去世前四年起，以真姓名在Facebook上發表許多舊詩，七律為主，再露鋒芒。除了作詩，還潛心研究姜夔情詞，卓然自成一家。）

情牽七葉話滄桑：
記《詩雙》休刊

其實我對新詩的興趣是很淡薄的，但竟在《詩風》上磨上十二年（雖然曾離開過一段日子），又在《詩雙月刊》上磨上五年，論時間之長，相信只有羈魂（胡國賢）可以一爭，大家都坐亞望冠了。這是為了甚麼？家人大惑不解；而我卻明白，我拙於向朋友說「不」，尤其是我非常敬重的朋友。

一九七二年至一九八四年，詩風社濟濟多士，而我只是充數其間，聽聽詩人們暢談文壇是非，互相笑謔。不管外間風飄雨驟，我卻悠然享受着大家對我的保護而自得其樂。經過《詩風》第四十九期改版的窒礙，《小說散文》停刊的震撼，和《世界現代詩粹》的鍛鍊，還留下的人，我相信是已經凝結成水潑不進的鐵板一塊了。所以，那一年詩風社的解散，是出乎意料之外的。一九八四年初，香港之必將回歸中國，已是路人皆見。於是，應該倉卒辭根，寄身異域？抑是留港建港，依附特色政權？或更進而精心部署，就跟這數十年間很多中國人的做法一樣，為求自保而欺親賣友？在風和日麗的時候，人人均自詡為真金；然而一旦面對狂飆烈火，則錫鐵銅銀先後鎔化，還挺得下去的，才是最後的硬漢。現在回看起來，把一九八四年當成嚴峻的考驗，實嫌幼稚；但當時我們雖然面向四十，畢竟仍然

年輕，思慮欠周，處事拙劣，於是詩風社便不能不散。

其後五年，馳騁的想像絕不是現實世界，現實世界是平平無奇的——但卻又不得不面對的——生活，不論你是留在香港，還是移民外國。中國沒有提早接收香港，香港也沒有甚麼可歌可泣的、或者令人切齒痛恨的傳說。日昇月恆，香港如常繁亂喧囂，老百姓如常在生活線上掙扎，在自己的小範圍小經驗內時悲時喜。只是人類歷史的進程自有其發展的規律，不以任何人的意志而轉移。戈爾巴喬夫以特務頭子的背景，竟能放棄特權，把國家帶上民主之路。世上大大小小獨裁政權的崩潰於焉出現契機，日後證明，以為已經武裝到了牙齒的獨裁者，其實力都不如表面所見般強橫。

到了一九八八年底，羈魂與王偉明久靜而思動，此際已經忍無可忍，於是四出「拉人落水」重辦詩刊的時候，中國正處於一個如《詩經》所云「風雨如晦，雞鳴不已」的境況裏。當時我們的想法，已寫入《詩雙月刊·創刊辭》的初稿，並約好於詩刊發行前在香港一份文學月刊上發表。然後發生六四事件，創刊辭遭退了回來。本來退稿沒有甚麼大不了，但這份創刊辭的內容，竟連立足於香港這塊自由之地的文學刊物也不敢發表，則刊登這創刊辭的《詩雙月刊》又怎會有機會進入大陸，送到我們的讀者手裏？

說到出版詩刊，我們經驗甚豐，所以絕無幻想，一致議決把詩刊免費送給發行朋友，不必結帳，亦決不回收，因而省去大量的人力和時間。此外，我們亦絕無推廣詩創作，增加讀者群之類不切實際的野心，除了百多位自行購書或訂閱的讀者

外，我們預備了一份目標讀者的名單，把每期詩刊免費寄到中國大陸、台灣、港澳及世界各地的詩友手裏，完成我們作為詩友溝通的橋樑的責任。所以，如果《詩雙月刊》不能進入中國大陸，我們的目標讀者便大減，辦這份詩刊也似乎沒有甚麼意義了。

我們同意不能放棄大陸的詩友，於是只有懷着傷痛的心情修訂創刊辭。既要揣摸大陸的容忍尺度，又想不失原意，改寫工作是困難的。結果，《詩雙月刊》第一期在一九八九年八月寄到大陸的詩友手裏。「在這樣緊張的時刻，《詩雙月刊》竟可進入大陸！這些人一定有特別的背景，一定拿了津貼。」我們知道外間非常狐疑，但又無以辯白。

辦詩刊必然賠錢，如果要在簡陋的印刷廠編稿和校對，還得賠上汗水和視力。這回我們幸而有了路雅（龐繼民）入社，他的印刷廠設備精良，光線充足，而且冷氣開放。印刷費呢，套用龐老闆的說法，是「戰鬥」價錢，甚至不付亦無可奈何，總之「有拖無欠」。想想這幾年的通貨膨脹，郵資加幅驚人，鯨吞了我們大部分的會費。對我們來說，龐兄比市政局或甚麼藝術發展局更偉大更實際，他的貢獻，必須在這裏記上一筆。

《詩雙月刊》七名社員，路雅的貢獻已如上述。至於胡燕青、溫明（黑教徒）和我，卻是閒雲野鶴，之所以沒有拒絕加入，恐怕唯一的理由只是不想向尊敬的朋友潑冷水。《詩雙月刊》是羈魂、王偉明——和羈魂的高足吳美筠——的心血，這也是必須要說明的。

這五年裏，我說不上《詩雙月刊》辦了多少特輯，出了多

少本書；我所記得的，都是一些瑣事，例如我們去澳門拜訪當地詩社之類。在一九九〇年四月，羈魂、偉明、美筠和我連袂訪問台灣詩壇。羈魂在《星島日報》安排了一個專欄，讓我們忙碌了六個月，後來出版了一本七人合集《七葉樹》。我只記得這些，因為從中我享受到做朋友的樂趣。

一九九四年，美筠嫁後從夫遠適澳洲；到了七月，羈魂一家亦移居悉尼。沒有了羈魂，《詩雙月刊》當然仍可辦下去，大家都無可無不可；但我卻認為，沒有了美筠，現在更沒有了羈魂，在編詩校稿的時候，沒有了他們的音聲笑語，當真是「情何以堪」，了無興味；詩刊勉強辦下去，還有甚麼意義？經過詳細討論，社員一致接受了我提出的期刊暫時休置，而叢書則繼續出版的建議。

《詩雙月刊》順利休刊，這是我們歷經《詩風》改版，《小說散文》停刊及詩風社解散所學回來的教訓，得以避過覆車之轍。討論休刊時，各社員暢抒己見，開誠布公，沒有難言之隱，沒有疑雲陣陣，光明坦蕩，人人均心安理得。日後若羈魂迴駕，《詩雙月刊》是完全可以復刊的，或者更加入幾位較年輕的朋友，而那將是另一個故事了。

《星島日報》星辰版，一九九五年一月三日、四日

左起：王偉明、胡國賢、黃國彬、黃太吳彩華、
譚福基、譚太劉翠芳、陸健鴻

左起：中大教授、洛夫、王偉明、余光中、胡國賢、譚福基、胡燕青

車詠四題

劉阮上天台

宋初所輯的《太平廣記》第六十一卷引《神仙記》，載「劉、阮上天台」故事。劉晨、阮肇入天台山採藥，迷失方向。十三日後，糧盡飢渴，遙望山上有桃樹，乃攀險取桃子充飢，遂渡山。山後有一大溪，溪邊有二美女，對二人言笑晏晏，恍若舊識，誠邀還家，二人因樂不思蜀。後二人歸思甚苦，二女乃指示還路。二人回家，驚覺鄉邑全非，卻原來人間已歷十世矣！

此外又有「爛柯的故事」，見載於酈道元《水經注》及任昉的《述異記》。晉時有樵夫王質，上石室山砍柴，遇二童子弈棋，並受一物如棗核，食之不飢，於是置斧觀弈。俄而棋罷，斧柯盡爛，回家已看不到同時代的人！

俗謂「山中方一日，世上已千年」，設想一位宋初人在山中遇仙，千年後回家，時間便正好在現代。千年前難以索解的神仙故事，今日卻可以現代人的科學知識提供理由。愛因斯坦的狹義相對論有時間變慢原理，據說當一物體以相對於其周圍環境愈來愈快的速度運動時，站在周圍的人就會看到該物體上的時間過得愈來愈慢。對樵夫王質來說，山上仙人下棋的環境運行速度快，其中的時間便過得愈來愈慢，就像我們雖坐於高速前進的飛機之中，卻總覺得機外的雲影慢條斯理，飛機

恍如蟻行。

經過繁複的計算，科學家認為如果我們能製造出一種交通工具，能以二十米／秒的加速度飛行，航向離地球一百五十萬光年的仙女座，來回一次需二十九年，而地球上則要過去三百萬年了。所以，長生不老，竟與速度有關！

長鋏歸來出無車

時序運行，二十世紀漸走向盡頭，末世儘多預言怪說。約前十年，地球上外星人的史前遺跡的探索與洛士查丹馬的預言詩竟風行一時。洛士查丹馬是十六世紀法國的預言詩人，最近電視台便重播了拍於數年前的根據洛氏預言而攝製的《驚世啟示錄》。我對洛氏預言的興趣，不在三個反基督魔王——拿破侖、希特勒，和將於一九九九年挑起第三次世界大戰的中東霸主；我的興趣，在洛氏所預言的——遍地甲蟲。

二、三十年前極流行的「福士仔」，車身前後俱斜彎向下，形狀甚似甲蟲。真難想像，四百年前的洛氏，竟可預看到今天各大城市中汽車遍地的樣子。出而有車，我們會覺得舒適和有面子。所以，顏淵死的時候，門人請孔子賣車，拿款子替顏淵買外棺，孔子一口拒絕，理由是「吾從大夫之後，不可徒行」。又齊人有馮諼者，寄食於孟嘗君門下，無好無能，卻得寸進尺，食有魚之後，復倚柱彈其劍，唱曰：「長鋏歸來乎！出無車。」但我認同錢鍾書先生的見解，現代人豈可和古人一般見識？我們喜歡出有車，除了舒適和有面子之外，深入潛意識來

考察，我們其實想挑戰速度，擊敗時間，企求長生。

　　那天乘飛機自台北回港，無意發現機艙前有一面小螢幕發播資料——現時在九千四百公尺高空，機外攝氏負三十二度，速度每小時八百九十五公里……。我樂不可支，彷彿自己便在操控一架飛機。而事實上就算在年輕時，我的一百公尺也走不進十六秒。宇航飛行，或退而駕駛飛機，大約此生亦已無望。欲與速度論交，與時間爭先，很多人都只有購一輛汽車；此所以洛士查丹馬看見「甲蟲」遍地！

所向無空闊的背後

　　麗日風和，駕着新購的小汽車轉上東區走廊，漸漸加速，車子輕靈地滑行。過東區海隧，在付款亭前踏下腳掣，車子穩穩停下；然後上東九龍走廊，穿大老山隧道。沿途清風送爽，同行的只有三兩汽車，老妻在駕駛座旁指點江山，孩子剝去運動鞋，在後廂翹起二郎腿。吐露港公路滿眼青綠，風景怡人。我恍如一隻翩翩的海鷗，在空闊的天地間滑翔，不禁悠然唸起杜甫的名句：「……竹批雙耳峻，風入四蹄輕。所向無空闊，真堪托死生。驍騰有如此，萬里可橫行。」

　　但是，唉，現實卻往往是最掃興的。當發動引擎，車子離開停車場之際，通常我便陷入「內憂外患」的困境。老妻總是喋喋不休，一時指點途徑，一時提醒丈夫小心旁邊越軌的車輛；孩子可能突然從後廂探身過來，要把她的錄音帶插進唱機。此際「內亂」未平，境外卻可能突有道路上的巨無霸強擠硬闖而來

——貨櫃車、重型泥頭車、大巴士，我最怕的是運油車，見了便避之則吉！可是對小房車也不能掉以輕心，他們來無蹤，去無影，是路上神出鬼沒的騎兵，騎士們為求馳風之樂，早已置生死於度外！

內外交困，膽顫心驚，而旅程未完。身為男子漢大丈夫，保存妻小是天經地義的責任，我於是默運玄功，神氣內斂，恍如老僧入定，只餘靈台一點清明，照亮我的前路。然而有一次卻突然間看見路上有一團爛東西，已是不成車形，我頓時心神大震，彷彿看見滿地的鮮血和斷肢！

終於泊好車子，老妻和女兒好整以暇嘻哈而去；我輕拍着仍然發熱的車頭，像安慰一位可靠的老朋友，大家微微地喘氣，一似彈冠相慶，平安歸來。

真堪託死生？

車子在雨中衝越路中的白線，衝過一塊小草地，然後直往下闖。我只能死命緊握方向盤，右腳盡力踩着腳掣，腦中空白而混亂，悔恨與恐懼侵滿全身。

車內眾人驚呼。我彷彿失去視力，眼睛已讓無盡的悔恨蒙住了——甚麼要來關島？甚麼要租一輛車，來作環島之遊？為甚麼要在雨中駕車？而且，最重要的是，甚麼是我在駕車？我不斷追問自己，技術上我有做錯嗎？如果車上有人傷亡，我這一生將會在怎樣自責的情況下度過？

車廂外，樹枝和樹葉不停亂掃。我的心充滿恐懼，死亡，

從未像此刻般接近。如果我死了，白髮蒼蒼的父母將如何傷心欲絕？幸好女兒沒有同來，而且每次出門前都提醒她「如果爸媽不回來了」的應急措施，但她總只是一個剛上中學的孩子啊，如何適應沒有爸媽的日子？我自己也不甘心！平日胸無大志，但死到臨頭，卻總有點兒「壯志未酬」的不忿。

車子不住顛簸向前，擋風玻璃前只見枝葉，不知終將會撞向甚麼。我突然怒火中燒，這個死東西，整個上午我都不信任它，不時測試它的加速力和剎掣的能力。你啊，在我信任了你，把你當作我可依賴的朋友的時候，你竟出賣了我。

車終於停下，給一叢灌木承着。「某某，沒事吧？」「沒事！」彼此詢問完畢，我們便灰頭土臉的爬出車廂，爬上路面。原來這只是一個小坑，高度剛好藏起一輛普通房車。天色逐漸昏暗，雨仍然下着，我細心察看路面的草地，兩條剎車痕深深烙在地上。這時，我內心釋然，知道怪錯了它——在危急之時，它確已盡力保存了。

二〇二〇年七月

朋友

二十世紀九十年代初期，我家在北角，鄰接海濱。

春天某一個週末，午膳之後，女主人工作未回，小女兒去了鄰居和幾個小朋友上普通話課，於是一室闃然。《詩雙月刊》第五期推出「卞之琳特輯」，編輯諸君約在我家貼稿，此刻尚在途上。我倚在窗前，百無聊賴。唱機靜靜播着一曲〈姑蘇行〉，笛聲繫人情思，牽引着聆聽者步入江南煙雨。

雨色廉纖，東區走廊車輛往來，各式各樣的車輛——自用車、營業車、服務車，雖是周末下午，料峭春寒，車中人仍追逐時間，懷着有意義或無意義的目的，不容生命有半刻虛過。路外海上，春霧是一座碩大無朋的雪山，如一柱白茫茫的巨人，矗立於天地之間，遮雲蔽日，俯視眾生。霧中的港口，船隻如常容與，小輪普渡為口奔馳的小市民，偉岸的郵輪和集箱船隨着領航進港，帶來遠方的奇貨和客人。幾隻中國船在海上劃下三五縱橫交錯的浪痕，且問來自故土的老鄉們，這海畔的紅塵，可曾驚動你的眸眼？霧海中還有一簇風帆，撐起鮮艷的繽紛，兜着風滑翔。對岸伸向海中的跑道上，朦朧間一機如遊隼般斂翼俯衝，倏然疾下停駐；然彈指之頃，另一機卻如負重的老鷹穿霧而起，撲向茫茫灰白。

大約是五年前吧，那時我家在沙田。也是一個春雨下午，

我在友人的小露台上，佇立閒談。默默的城門河流向雲煙深處的吐露港，兩岸擠立着一座座公私房屋，櫛次鱗比。在小雨中，整個沙田便擁着濃濃綠色。

我在沙田住了八年，友人比我留駐更久。我們看着這個小鄉鎮脫胎換骨，日漸成長，現時肩負重任，為數十萬人提供安身立命之所。

而香港這地方的責任更重！

我們這幾百萬人，是為了甚麼竟會在這海邊擠做一塊的？友人生於廣東鄉間，孩子時代做過紅小兵，耕種放牧，因而常常自詡「吾少也賤，故多能鄙事」；六十年代隨父母來港，強自憤發，品學兼優，現時身為最高學府的講師，卻並沒有歸化英國，至今手上仍只是拿着一張 C I。友人是飲共產黨的奶水大的，我可是出生於這塊罪惡的殖民地上。父母因為日寇侵華時鄉間生活困難，於是在三十年代末期逃難來港。還記得十七歲時我首次去尖沙咀某政府辦事處領取成人身份證，當值的官員問道：「你是中國人還是英國人？」我聽了一愕，心裏嘀咕：我怎麼不是中國人？那時年輕，兼且滿腔熱血，於是大聲回答：「我是中國人！」原來在那個時代，生於香港的華人是可以自由 claim 自己是 British 還是 Chinese 的。身份的變遷後來幾經波折，總之情況複雜；如今的 Hong Kong Born 已不辨中英，一概以三星為記，若不嫌微薄，亦可奉上一份英國公民括弧海外括弧的怪件。

當陰霾初佈時，友人已決定走為上着，他說他已享受夠了
祖國的幸福生活了。

「你賭這一鋪嗎？」我想，只有少數人可以選擇是否下注，
大多數人連賭的本錢也沒有。午間新聞報道，加拿大表示已每
年批准兩萬五千個香港移民配額；澳洲對英國的呼籲尚未作出
決定。三月二日，報上說英國要求西方七國給予港人居留權；
三月三日，報上更說英國要求廿餘國接收香港人……。

沙田的友人業已遠走高飛，宣誓效忠加國了。我的留港的
學生，常常在作文中尋機會指斥移民的同學，批評他們逃避責
任。我便總愛在文末題上幾句：大家要有包容之心，「安危他日
終須仗」啊！

其實歷史的可想像空間甚大，引人入勝。設若十八世紀
英法兩國海上爭霸時，法國是勝利者，則英國便未必能染指香
港。我們已看過英國人的表演；假若佔港者是法非英，那念念
不忘 la gloire 的法國人，又會否為香港而開戰？如果戰後美國託
管了香港，局面又將如何？歷史有時是荒謬的。英人當年以武
力奪取香港，今日唯恐不能抽身；華人當年抗拒英國佔港，今
日卻力逼英國收容，有備無患。世事之奇，有如此者。

窗外迷濛依然。我相信，無論在怎樣惡劣的環境下，做人
仍應盡其在我。「但教方寸無諸惡，虎跡荒原也立身」，人間實
有天理在焉。

此時鈴聲響起，門開處，偉明兄左挾卞之琳，右提加士
伯，一身紅色塑料雨衣，業已翩然倚戶。

九十年代中葉

臨春莫惜買花錢

　　農曆二月十二日，俗稱花朝節，是百花的生日。此節日據說是源於洛陽的花王節。牡丹是洛陽貴胄，中州百姓捧之為花中之王，並定二月十二日為花王節，獨尊牡丹。只是陶淵明獨愛菊，周敦頤盛賞蓮花；世上求愛的男士，恐怕也不能缺少了玫瑰。還有現時挺流行的康乃馨、銀柳、滿天星……。天下的惜花人，終於說服了牡丹，應該眾花平等。於是花王節改喚花朝，趁此大地春回之際，成為百花生日，群芳譜上，一視同仁，眾花皆大歡喜。

　　「妍日漸催春意動，好風時卷市聲來。」未到花朝，北國是冰封雪飄；唯有南天一角的香港，卻已姹紫嫣紅，為醉人的聖華倫泰節，牽動陣陣酥融的春意。

　　一月以後，春已從冰雪中滲來。孩子們也預備過聖華倫泰節。他們收集各類紙張和雜誌上的圖片，製成心型卡，寫下別出心裁的說話和自己的心意，互相交換，而且把最大和最漂亮的卡送給父母和師長。孩子們在此日學習敬愛長輩，因為傳說中死於三世紀的羅馬傳教士華倫泰是孩子們的朋友。他由於拒絕崇拜羅馬眾神而被囚，孩子們把自己想得出來的慰問句擲過小窗的鐵枝，送入他的牢室。這個溫馨的故事的結局是在二月十四日，他在受刑前寫了一封充滿溫情愛意的信給監管他的獄

卒的失明女兒，從而恢復了她的視力。

孩子們長大了……

花店裏眾花明艷耀采，暗香浮動。美國、紐西蘭的滿天星；歐洲的毋忘我、鬱金香和紫色的玫瑰。選花的時候，喬叟的歌聲便彷彿從遙遠的十四世紀傳來：

> For this was on St. Valentine's Day,
>
> When every fowl cometh there to choose his mate.
>
> 在聖華倫泰日，
>
> 鳥兒都來尋他的伴侶。

解囊之後，手中滿滿一束鮮花，綿軟地擺在掌心，漸漸化成一朵溫柔的笑靨。朦朧春雨，玲瓏花影，那薄薄的春衣，瀟灑了幾許花樣的年華？

疑幻疑真的意緒，乍喜乍驚的心情，多變如春天濛濛的輕霧，縹緲得不可捉摸；柔風過處，霧盈盈地漫過花叢葉底，帶着清香，引動年輕的蝴蝶翩翩飛舞。你的智囊團將如何獻計，讓你選擇心許的少年？

十八世紀的時候，你的姐妹們採用了這樣的一個好辦法。她們在不同的小紙片上，寫入候選人的名字，然後包上黏土，逐一投入水中；那最先浮上來的一頁，將記載了你的真愛。

或者，你會嫌棄黏土不夠浪漫纏綿，那麼，你二百年前的姐妹們還另有奇招。她們採摘了月桂葉，卻不是用來編織花冠，為英雄、詩人，或是運動場上的得勝者加冕；五月葉，她們把一塊縫在枕頭的中央，至於其餘四塊，則縫在枕頭上的四

角，然後在聖華倫泰節的前夕，在這個月桂枕上睡覺。也許你便會有一個夢，夢見你未來的良配。

可是，這樣純是碰運氣，未免不可取。如果我可以提議，我願你是莎士比亞筆下的 Ophelia，在聖華倫泰節一早起來，在窗前漫聲唱？：

Good morrow! Tis St. Valentine's Day

All in the morning be time,

And I a maid at your window,

To be your Vatentine!

早安！聖華倫泰日，

絕早起床，

我這女孩站在你的窗前，

想做你的伴侶！

在這一天，我將是第一個打從你窗前走過的男子，努力走入你的青睞。

我把一張小卡投入你的信箱，上面寫着幾句笑語，或是《詩經》的「死生契闊，與子成說；執子之手，與子偕老」。我將效丹麥人的遊戲，以黑點簽名；點的多少，正與我名字的筆畫同數。如果你猜對我是誰，那麼在復活節來時，我要送你一個大大的漂亮的復活蛋。

《水仙操》，一九九〇年二月二十六日

《潤田文采》，二〇〇四年六月

99

我們都是眾神的玩物

　　旺角的黃金地帶，在彌敦道上北起亞皆老街，南至山東街的一段。多年前，就在這一段的四角，各有一間戲院。亞皆老街之東有新華，與西面的百老匯隔彌敦道相望；山東街上，傍着瓊華茶樓的百樂門，則與面對龍鳳茶樓的麗斯呼應。四院滄桑，現時俱歸塵土。然而在那個少年時代，沒有甚麼娛樂，我的舊居就在四院附近，於是暇日無事，便看盡了不少中西名片或殘片，沉醉於銀幕上入眼繽紛的悲歡離合。那時又寫作興趣廣泛，胡亂學寫影評，評了安部公房原著、勅使河原宏導演的《借面試妻》及一九六二年奧斯卡的最佳外國片《星期日與西貝兒》，刊於一九六八年的《中國學生周報》。

　　那日閒檢舊稿，又翻出一篇影評，便遙想起一九九○年的夏天。「瘦綠添肥，病紅催老，園林昨夜春歸。天氣清和，輕羅試著單衣。雨餘門掩斜暉。看翩翩、乳燕交飛。荷錢猶小，芭蕉漸長，新竹成圍。……」如此夏景，當然只活現於詞人筆端，那年銅鑼灣的夏天，卻是黃塵蔽天，苦汗如雨。

　　攝氏三十六度的氣溫，當時是九十年來的最高紀錄。避過銅鑼灣的塵囂，躲入典麗的碧麗宮戲院，這無疑是一件賞心樂事。兩點半場仍未開始，我坐在寬闊的座椅裏，看的是《童年無悔》，未免知音者稀，來的多是些有教養的青年學生，舉止悠

閒，說話也陰聲細氣，唯恐妨礙了別人。

《童年無悔》改編自英國小說家威廉・戈爾丁（生於一九一一年，一九八三年諾貝爾文學獎得主）的著名小說《蒼蠅王》（Lord Of The Flies）。這本小說出版於一九五四年，很快成為現代經典小說之一，英語社會裏很多中學都選擇它作為教材。一九六二年，英國導演彼得・布魯克首先把它拍成電影。這是一張黑白片子，二十多年前我為應付考試而看的便是這個版本。

那時我兼讀預科班的中國文學和英國文學。中國文學的課程把作文、範文、文學史混為一談，另外又有些經學、史學和學術史，不免雜亂無章，可是客氣點說便是恰好反映了中國文化的精深博大。英國文學則以作品為主，旁及作者和他們的時代。其實不懂作者及其時代背景，又怎能通其作品？當時要讀七本書應考——莎士比亞《李爾王》、彌爾頓《失樂園》、艾略特詩集、狄更斯《雙城記》、奧斯丁《愛瑪》、勞倫斯小說集，和戈爾丁的《蒼蠅王》。

「究竟蒼蠅王是什麼？」我問老師。

當然我記得書中這個場景：荒島上林中一塊空地，一枝木杆直插在地上，杆上是一個新割下的豬頭，血漬未乾，大群蒼蠅在周圍飛舞。

西蒙震驚中和豬頭有一番對答：

「你自個在這裏做什麼？你怕我嗎？」

「插在木杆上的豬頭！」

「不要胡想猛獸是你們所能狙殺的！我就在你們之中！」

這個豬頭就是蒼蠅王。

可是作為書題，「蒼蠅王」恐怕會有出處吧？既然老師不能提供肯定的答案，那便唯有倚靠自己。同學中有些高手，知道有一個 Monarch Series（帝王系列），出版一本一本的小書，每本評介一本英國文學作品——這個系列指出蒼蠅王源出阿拉伯故事，乃是眾魔的王子。

木杆上的豬頭控制了亂飛的蒼蠅，一如人的心魔，控制了人類邪惡的思想和行動。

二十世紀五十年代初期，兩次大戰所帶給人類的浩劫似乎已經漸漸褪色了，不再恐怖了，於是人類的獸性又漸漸地突破了法律與道德良心的桎梏。戰後，冰冷的機器將精神文明割裂得支離破碎，傳統的道德觀念亦趨於崩潰；人類的手解縛了，心魔已經奮起，在禮治與法治皆無能為力的時候，這將是一座極具破壞力的巨靈，其結果將會是人類毀滅了自己。

戰時從軍，曾目睹「骨橫朔野，魂逐飛蓬」的景象的戈爾丁，在《蒼蠅王》中預言：人類往後的歷史將是殘酷的鬥爭，人類心中的獸性將要極力破壞人類自己建立的文明、法律和秩序。

小說的人物是一群小學生，空間是海外孤島，時間是一次戰爭（或者是一次核子戰爭？）。一群小孩流落荒島。他們想，在被救之前，這會是一次愉快的假期活動吧？就像露營、野餐、鬥嘴、身體的小接觸，而且最重要的是沒有大人在一旁監管。然而日後這群孩子分開了：羅夫、柏基（小豬）、西蒙極力保留了文明人的素質；而傑克及其他孩子則因為沒有大人在旁（沒有法律和秩序），於是率性而為，由是心魔得以自由發展，終於有了日後種種類如野人的舉動。

如果說傑克等人的行為純由心魔而發，這卻又未必盡然。人在失去法律與秩序的羈束的同時，亦失去法律與秩序所給予人的安全感。島上使眾人恐懼的東西有二：其一純是他們的幻覺（有人說在林中見有蛇形動物）；其二是一個已死去的傘兵，掛在山頂林木間，迎風招展，形如怪鳥，遠看不真切，他們便以為是什麼怪獸了。

一個人既失去了保障而對怪獸有所恐懼的時候，使自己釋然的方法便是將自己變得像頭怪獸，或凶惡更有過之，便不再覺得這東西有什麼可怕了。所以傑克他們塗污面孔，如野人般嗚嗚而呼，在林中狩獵；或者在他們內心深處，他們會覺得自己很可怕，而由此卻可以同時安撫自己再不用懼怕什麼。

在眾人皆醉的時候，「獨醒」是不被容許的。西蒙見到了傘兵的屍體，走告各人。當時雲集天暗，風雨將至，傑克、羅夫、柏基和其他小孩正在玩狩獵遊戲，興致勃發，而西蒙猝至。時當天黑，眾人情緒高張，不能罷手，於是就在心魔亂舞理性引退之際，在有意與無意之間，小西蒙便成為可憐的獵物了。已而風雨驟至，風將傘兵的屍體從山頂吹下，投入海中；眾小孩不知何物，驚懼逃亡，而潮水高漲，引導小西蒙逐波而去。

其後柏基被殺，傑克縱火焚山，追捕羅夫。在一位英國海軍軍官之前，小羔羊得救了；一群小野人環立垂頭。羅夫悼念失去了的朋友，帶着盈眶熱淚，全書亦告結束。

夏利‧浩克繼彼得‧布魯克之後，再次把《蒼蠅王》搬上銀幕，把英國背景改為美國，把傘兵改為在山洞裏被一小孩於驚

恐中誤殺，其他則變動甚微。這張彩色片子的攝影甚美，唯原著中西蒙與蒼蠅王對話、傘兵的屍體在風雨中自山頂吹入大海和小西蒙逐浪而去等震撼性場面都付闕如，誠然不足；且題為「童年無悔」，則「無悔」二字，與影片收結時眾人下淚的情況亦有矛盾。

散場時隨着幾位學生模樣的女孩離開，隱約聽得她們正在抱怨不懂這影片做什麼，不懂原著說什麼，難以應付老師的題目。的確，世事滄桑，人間善惡，對未熟的少年來說無異於紙上談兵。人性是人類古老的議題，大家對孟子和告子的論辯都耳熟能詳，荀子堅持性惡而謗書盈篋；還是世碩夠滑頭，他的《養書》已佚，但王充《論衡‧本性》總結其議論，說：「人性有善有惡，舉人之善性養而致之，則善長；惡性養而致之，則惡長。如此，則性各有陰陽，善惡在所養焉。」諸說各有所執，唯善惡的主動權仍操我手；這是事實？抑或我們只是井底之蛙，不知人之善惡，都由上天擺佈？

走入三十六度的氣溫，汗流浹背。橫街上一隻廢物箱上，幾隻蒼蠅在飛舞。我注視着牠們，又想起《李爾王》第四幕第一場的名句：

As flies to wanton boys, are we to th'Gods;
They kill us for their sport.

我們之於眾神，猶蒼蠅之於頑童；
他們殺戮我們以取樂。

在八月的陽光下，我注視着那幾隻蒼蠅，心裏竟然興起了一陣莫名其妙的、滑稽的、相濡以沫的親切的感覺！

「為覓少年心不得，當時感舊已潸然。情懷此日君休問，又老當時二十年。」剛過元旦不久，二○一○年又彷彿在望。摩挲着這幾篇四十年前、二十年前的少作、「中作」，就似乎真的看見，時間在指縫間流過。

《潤田文采》，二○○九年一月六日

穗城秋月

篆煙氤氳繚繞，疑幻疑真，母親臉上那孺慕虔敬的神情，我一時間也看不真切。

七十多歲、傴僂乾瘦的姑母緩緩登上樓梯；她剛自加拿大回來，因為她家在上水的祖業到期要處理。自英國趕來的大表哥肥胖高大，頭頂微禿，模樣也大概快要五十了，這時正隨侍在側。表哥是新界本地人，五十年代末期赴英謀生，連飛機也坐不起，只得乘船前往。我那時只是小孩子，在遠洋客輪上竄低縱高，滿目新奇，那管得大人的離愁別緒。歲月遷移，姑丈早已物故，大表哥和二表哥長居英國，打理兩間餐館；兩個表姊妹則嫁在加拿大，姑母一家，在香港的東西便只留下一點祖業。

這時四弟也上來了。他借來一輛小汽車，清早載着母親和我，到上水接了姑母和表哥，然後駛往屯門的青松觀，拜祭已逝世多年的祖母。

紛擾一番，午後才達目的地。買了些香燭等物，走進正殿旁的偏廳，幾個阿嬸正在懶洋洋地整理着祭台上的東西和爐灰。三面牆壁，自祭台至屋頂，密麻麻佈滿約二寸乘四寸的瓷相，一張張大同小異的容貌，此後只佔世上小小一個空間，而它所寄寓的軀體，卻已永歸塵土。祖母的瓷相高高在上，俯視

這個也將年登四十的小孫兒。我端量着祖母的面譜，畢竟看不透其中奧妙：就是她這個寡居鄉中不通文墨的婦女，帶着四個兒女逃難來港，從而改變了四房數十人的命運！

這時母親拉着我的手轉上閣樓，帶我看兩張瓷相。「我找了很久，才找到你阿公阿婆的相片。」相中兩個我從沒有見過的中年男女，男士樣貌頗清秀，母親常說他是村中的秀才，在她幾歲時便歿了；後來外婆亡於痢疾，母親才只有十三歲。「遲些回鄉在祖地上起一間小屋吧，讓祖宗的神主牌也有處安置。」我微笑說好，便悠然記起村口那棵母親一日能上落幾回的老樹，和不遠處她挑着土產往廣州販賣的渡頭。

此刻我和健鴻站在廣州火車站外的行人天橋上，天橋下的車輛自四方匯流，車號不絕，人聲處處，行人與自行車、摩托車和大小汽車爭路，市內的燈火次第亮起，穗城在秋夜的晚風裏喧騰。昨天早上在香港走了一趟有關部門，紛擾數年，此際終於點下一個句號，算是暫時了卻一樁事。到了午後，踏着遍地金黃色的陽光，只拎一個旅行袋，帶幾件衣物，我登上一列開往廣州的直通火車，尋了一個靠窗的位置坐下。非假日的直通車上乘客不多，人聲寂寂。我看着窗外幽复的月台，漸漸陷入沉思之中。

記憶恍如剛甦醒的山脈，聳動它龐大的背脊。時光流轉，紅塵隱約，那十一歲的少年隨着母親，首次越過深圳河北上。那時九龍總站仍在尖沙咀，一幢維多利亞式的殘舊建築物，大堂矗立幾條沉重厚實的石柱，樓底甚高，但陽光卻射不進來，周圍總是陰陰暗暗的，人潮不斷，行旅往來，帶着大包小裹，

充滿了雜亂的喧聲。

還鄉的人群都要早起。我挑着一小擔帶回鄉送給親友的物事，伴着母親隨人潮蝸步，路長腿短，就慢慢地挨向那墨綠色的車廂。好不容易擠上車，通道上堆滿了擔挑和貨物；我人小機靈，卻鑽到了一個靠窗的位置坐下，瀏覽窗外的景物。亂了一會，在一片喧囂中，火車汽笛長鳴，車頭的煙突升起一縷黑煙，一條蒼龍惺忪醒轉，扭動龐然的身子，隆隆的巨音敲着鐵軌北上。

這時一列銀白的電氣化火車悄然進站，輕靈而矯健。我看看錶，四時二十分。第一百班直通車突然一動，然後，便載着北上的旅人緩緩開出紅磡的火車總站。窗外的風景逐漸加速移後，火車在九龍的心臟奔馳，經過旺角站和九龍塘，便直衝向獅子山的翠微深處。過了沙田，映入眼簾的便是煙水茫茫的吐露港；到得上水，若非北上的，便要回航了。多年前，上水站只是一間小屋，月台上放幾張長椅。我坐在椅上等候末班火車，夜幕下偌大一個平原，村落數疏，闌珊燈火；突然一串「噹噹」聲降下橫閘，擋住馬路上的行人和車輛：火車來了。

直通車緩緩經過深圳，不須停站。可在三十年前，我和母親在深圳下車，便要跟着隊伍過海關。十一時下車，在人堆中枯坐等候，兜兜轉轉，迂迴曲折，到得上車，已是下午三時。

出了深圳，二十公里外是平湖，再十三公里是塘廈，再十一公里，便是樟木頭。車過樟木頭，前面三十四公里，石龍鎮便闖入了記憶。三十年前，石龍是一個大鎮，火車到了這裏，要停一段不短的時間，鎮民於是便做了些食品來向旅客兜

售，最受歡迎的，是一大湯碗的燒鵝飯。那年車到石龍，已是五點多鐘；十一歲的少年折騰了一天，不免身心交困，於是伏在窗框上發獃。突然一個約十三、四歲的女孩走到窗下，捧着一碗飯對我說：「要燒鵝飯嗎？」她一雙大眼睛，尖下巴，面孔黝黑，腦後拖一條烏亮的辮子；我突然面一紅，澀聲說：「不要！」便別過頭去。火車離開石龍時，我忍不住回頭張望，卻尋她不見了。

暮色蒼茫中火車進入石龍。月台上一片淒清，只有幾個閒人，留下了模糊的身影。我極目而望，這時，恐怕已沒有甚麼人會留一條烏黑的大粗辮吧！

又五十六公里，火車在昏黑中奔入穗城。

此刻我和健鴻站在廣州火車站外的行人天橋上。昨晚車入穗城，昏黑中驀然驚艷的，正是串串華燈。無數的小燈泡，串成多姿的圖案，仿似在蒼穹上奪落一地星星。

那年我和四弟伴着父母回鄉辦事，晚上和親戚在畔溪吃飯。畔溪酒家在路的盡頭處，兩旁盡是低矮的建築，一望空闊。我們出來的時候，朗朗的秋夜，偌大的一盆月亮啊，月中的婆娑桂影，彷彿已給吳剛斫盡，此時寒光映翠，還給人間好一片清輝。金風轉地，步履生涼，葉隙漏下如水的月色，滿地斑駁。這時表妹夫細強前導，四弟拖住甥女小婉蹦跳於後，阿好表妹扶着母親，我緊傍業已微醺的老父，就走在廣州街頭的細葉榕下，緩緩歸去。

站在廣州火車站外的行人天橋上，前面又是一輪明月。這天陪着健鴻獃在秋交會中，這二十年前無詩不歡的「五陵少年」

操着流利的普通話，以詩人的錦心繡口，跟生意人爭逐蠅頭小利，人生至此，天道寧論？只是人總要活下去，也總要行有餘力，才有浪漫的自由。

「這裏的燈較少，變化也不多。三藩市、洛城，尤其是拉斯維加斯的燈飾更好看。」健鴻説。我微微點頭，只是香港的百姓很易滿足，那裏只有板滯的霓虹燈；我們若不出門，便不知燈竟然是可以動的。「中國人也有可觀的燈。」我説。一九九〇年四月十四日的晚上，我和國賢、偉明、美筠就站在橫架於台中最繁盛的北屯區中清路的行人天橋上，看着車如流水，閃爍的華燈循環追逐，襯着飄飄細雨，我們真似進入了神話世界。

「這裏其實也大有進步了。」我説。一九八二年歲末，我重訪穗城，晚上遊覽最繁盛的愛群大廈附近的地區，燈火昏黃裏洶湧的人潮，不是穿藍便是著灰，一般的面目呆滯，我幾疑自己是走進了艾略特筆下的荒原了。

「俟河之清，人壽幾何？」唏噓之餘，不免喟然一嘆。夜色侵衣，夜涼如水，夜幕冉冉低垂，也彷彿垂下一張疏疏的塵網，把眾生攏住，一任大能安排。

初稿二〇〇三年，《潤田文采》
修訂稿二〇二〇年十月

（編者按：文章題目本為〈彈指芳華〉，作者後來增潤而成〈穗城秋月〉）

第五輯

必有會心處 —— 論文

呵撻下的圓熟

—— 評羈魂詩集（節錄）

羈魂是胡國賢，廣東順德人，一九四六年出生，在皇仁書院畢業，進入香港大學，主修中國文學。大學一級榮譽畢業，羈魂進入研究院繼續深造，研究朱熹的《詩集傳》。

一九六三年，羈魂已經在《星島日報》學生園地寫他的散文；到六四年底，他和六位友人合作，由藍馬現代文學社出版了一本擁有一百一十四頁的《戮象》，他是七名作者之一。到一九七一年初，羈魂由台灣的萬年青書廊替他出版了第一本個人的詩集《藍色獸》；然後是七六年底，他的第二本詩集《三面》問世，列入詩風叢書。

從一九六四至一九七六，寫詩超過十年，從一個十七歲的青年，到現在面向三十，很多人都已經退卻了，不能堅持了，而他還在寫詩，還在出書；這需要自信，勇氣，和對詩的一份執着。

羈魂的詩，收入《戮象》的有三首，《藍色獸》有三十五首，《三面》有三十三首，共七十一首。簡單評過羈魂的，有蔡炎培和路雅。大家都看出，支撐着羈魂的詩的，有兩大支柱；一是洛夫的手法，一是中國古典文學的修養。

羈魂深於中國古典文學，這對於他寫詩的影響，是立竿見影的。羈魂很喜歡用單音詞，這是古文的特徵；古文要求簡

潔，於是羈魂也喜歡壓縮他的詩句，有時甚至壓縮得使人起一種僵硬的感覺。所用的詞和句，常常是古典的；對偶的用法，在羈魂的詩中也是俯拾即是。學習洛夫，深於古文，是禍是福，在所難言，這全在個人的猛進、蛻變，我們希望羈魂早日反賓為主，另闢天地。

讀羈魂的詩，發現一個現象，是使讀者很為他可惜的：羈魂對一些他所偏愛的字眼、意象或手法，總是過分的固執，不肯大勇地割愛。如「栖惶」，我們看到：

　　　栖惶早付風流處（〈頓〉）
　　　你用千臉的栖惶為自己殉葬（〈八角球〉）

到了〈節奏〉，仍有：

　　　煙雨濛溶成或起或伏的栖惶

到了〈逢〉，我們又看到：

　　　栖栖的夜浴惶惶的臉

真是黃台之瓜，何堪再摘呢。此外，羈魂喜歡重複地用一些由名詞化成的形容詞來增加強調效果，如：

　　　很君子很君子的蓮（〈哀王孫〉）
　　　好歷史好歷史的一瞬（〈三面〉）

羈魂也喜歡一些非此非彼、矛盾的句法，如：

　　　　從陌路到相逢到相識到同路

　　　　到許許多多正經不正經半正經話頭（〈送君〉）

羈魂又喜歡玩字，如：

　　　　號角響罷，我們來自醉後的最後…………

　　　　我遂打滾於巨蟒與巨綱間…………

　　　　天才是蠢材之棺材 亦鬼才之橫財吧…………

　　　　禁果的外衣要「裏」抑「裸」的底魂靈？

　　　　　　　　　　　　　　　　　（〈斷夢之形〉）

最後，羈魂最喜歡用對句；甚至可以說，這是他的最顯著的特
徵：

　　　　舉翅不誇雄奇

　　　　垂翼還歸自在（〈塔〉）

　　　　聽不到幾許喃喃

　　　　觸不及多少裊裊（〈望墳〉）

對句並不是必然不妙，但一切形式應為內容而服務，卻不可為
對句而對句，比如在〈象〉一詩中，用下列的對句來形容一對象
牙，那是具見匠心的：

　　　　好彎彎長長的線條

　　　　是割下秋色的鐮刀

　　　　是鉤住風雲的新月

　　不朽的藝術，應該是不斷的創新；詩人不應滿足於現狀，更需不絕的向自己挑戰。詩人的想像，不應是一個重複的循環，而應是一隻扶搖直上的大鵬，一匹俊足怒奔的寶馬，羈魂，就讓我們看到你打倒洛夫，打倒古典，更要打倒自己，讓我們看到你奮飛。

　　羈魂詩作的壓卷是〈刺秦〉，這是他對創作史詩的一次練習。〈刺秦〉，這個有關荊軻的故事，很可惜地帶有太多陶潛〈詠荊軻〉的影子。詩裏，有些別出心裁、令人賞心悅目的句子，但有時，在一些要緊處，正需要濃於着墨的時候，羈魂卻輕輕放過，甚至給人一種出奇地躲懶的感覺。

　　羈魂說：「生命原是呵撻下的一種圓熟。」《三面》詩人的生命，也要經得起呵撻，在重重挑戰中蛻變、更新、圓熟。此際，本文對羈魂的噓聲似稍嫌多，且讓我們把熱烈的掌聲凝住，然後留給羈魂的第三本詩集！

　　　　　　　　　《詩風》，一九七六年十二月十五日

（編者按：上文是節錄本，欲覽全文，請看譚福基著的《水仙操》，詩歌雙月刊叢書2，頁152-165，或看譚福基校長@blog https：//alantamfookkei.wordpress.com 的論文類別）

象徵派詩人李金髮

　　曾在二十年代中國詩壇引起爭論，而且發揮了深遠的影響的象徵派詩人李金髮，在一九七六年聖誕因病在美國逝世。

　　李氏詩集三冊——《微雨》（一九二五，北新版）、《為幸福而歌》（一九二六，商務版）及《食客與凶年》（一九二七，北新版；本書刊行較遲，但寫作時間早於《為幸福而歌》），絕大部分寫於二十五歲寓居法、德之前，此後即再無詩歌結集。李氏三十歲前，尚有雜著七、八種問世。抗戰時在重慶出版《異國情調》，收三十歲後雜文；另有《飄零閒筆》一冊，由台灣僑聯出版社在一九六四年印行；又據說有《肉的図圖》一冊，在吉隆坡出版。論數量，李氏詩不如文；但論名氣，則文名遠在詩名之後。可是，在那「世積亂離，人物蓬轉」的三、四十年代，李氏詩文，散佚甚多；到現在，我們可以找到的李金髮詩集，有香港創作書社翻印的《為幸福而歌》，詩風社影印的《食客與凶年》，至於《微雨》，那是無論如何找不到了。

　　沒有一本中國新文學史提及李金髮的小說、雜文，但如果有那一本中國新文學史沒有提及李金髮在新詩發展上的地位的，那便不成其為一本中國新文學史了。李氏是將法國象徵詩派的思想和技巧帶進中國詩壇的第一人，而象徵主義和後來在台灣發揚光大的現代詩的關係，是血濃於水的。瘂弦身為現代詩人之一，對這一點自然有更深切的體會，因此他在《創世紀》

第三十三期（一九七三，台北）刊出的論文〈中國象徵主義的先
驅，李金髮作品回顧〉中對李氏在新詩發展史上的重要地位的分
析，是使人首肯的。誠如瘂弦所說，二十年代初期的詩壇，只
有劉半農、康白情、俞大白的白話詩，汪靜之的愛情歌謠，冰
心的泰戈爾式哲理小詩，徐志摩、聞一多的英、美格律和郭沫
若透過日文接受的德式浪漫；直到「李金髮率先在作品上實踐了
象徵主義的藝術觀點和表現手法」，新詩的發展，才另闢蹊徑。

　　一九一九年，十八歲的李金髮到法國學習法文、雕刻；
當時象徵主義在法國詩壇正當方興未艾，李氏在學習法文
時閱讀了象徵詩人的詩作，進而受其影響，這是完全可
以理解的。象徵主義的鼓動、發揚，以至成熟，多賴
馬拉梅（S. Mallarme, 1842-1893）、魏爾侖（P. Verlaine, 1844-
1896）和韓波（J. A. Rimbaud, 1854-1891）三人；但它的醞釀，
卻可以直追溯到愛侖坡（Edgar Allan Poe, 1809-1849）和波特萊
爾（C. Baudlelaire, 1821-1867）。簡單地說，象徵主義者在處理
詩中的思想和感情時，採用暗示來代替直接陳述，而且務求使
用象徵意義來表達詩中的事物、用字和聲調。事實上，象徵主
義是自然主義和現實主義的反動。覃子豪曾扼要地分析了法國
象徵詩派的特徵，他認為這詩派本質上傾向於頹廢和神秘：所
以頹廢，是由於此派三大詩人俱生於十九世紀末葉，當時特有
的現象，是懷疑和苦悶，造成時人對現實的失望而產生一種消
極的心理；所以神秘，是由於既然精神痛苦，便轉而追求官能
的享樂，藉此逃避現實，故傾向神秘，陶醉於幽玄朦朧的境界
中。此外，這派的表現方法的特徵，可以歸納為四點：（1）打

破了形式的束縛，創立了不定形的自由詩；（2）強調詩的音樂性，重視節奏和旋律，因為音樂才能表現幽玄的情調；（3）注重音和色的感覺交錯；（4）以暗示代直陳，因為只有暗示才能表現神秘幽玄的境界。（以上覃子豪的分析見王志健《現代中國詩史》，一九七五，台灣商務版轉引）時代逼使近代人精神頹廢不振，文壇上的現實主義和自然主義亦已開到荼蘼，後繼無力，所以象徵主義的興起，事實上是應運而生，無怪能風行一時；二十世紀文學史上響亮的名字，如喬哀思（Joyce）、史坦因（Stein）、卡夫卡（Kafka）和艾略特（T. S. Eliot），都和它有密切的關係。深受象徵主義影響的詩人，最早有在比利時的梅德靈（Maeterlinck），其後有在愛爾蘭的葉慈（Yeats），在德國的里爾克（Rilke），在蘇俄的貝里（Bely）和在中國的李金髮、戴望舒。

如果說李金髮是象徵主義在中國的輸入人，那麼戴望舒便是它的奠基者。一九三一年，戴杜衡、施蟄存、戴望舒三人編輯《現代》月刊，在上海由現代書局出版發行，引起了廣泛注意。後來《現代》單獨出版了《新詩》月刊，聯絡了李金髮、施蟄存、戴望舒、卞之琳、何其芳、艾青、路易士等一班作者，因為和《現代》月刊關係特別，所以被人稱為「現代派」，而戴望舒便是此派一時的重鎮。戴杜衡《望舒草·序》說：「望舒起初追求音律的美，要使新詩可吟；押韻是當然的，甚至講求平仄聲。後來讀了法國魏爾侖等象徵詩派的作品，喜歡那種獨特的音節，才不再斤斤於中國的平仄韻律。但他的詩不像李金髮的晦澀難懂。」又說他是「徹頭徹尾的象徵主義者」，而現代派

「毫無疑問是繼承了歐洲象徵主義的衣鉢」。鍾鼎文則在《我所知道的戴望舒以及「現代派」》中説：「《現代》發行之前和《現代》發行之後，在望舒詩作上似乎可以劃出一道界限，分為前期和後期；而後期的望舒，以及進入四十年代的現代派，似乎已經為今天的《現代詩》，寫下了伏筆，播下了種籽。」一九四八年路易士到台灣，易名紀弦，創辦《詩誌》、《現代詩》等刊物；於是現代派挾其象徵主義的本質東渡台灣，經過「前行代」、「中間代」、「新生代」的發展，蔚然大盛。七十年代的現代詩，在內容上已驅除了頹廢和神秘的傾向，詩筆伸向更廣泛的事物；在技巧上，亦進而講求作品的結構組織，不復因辭害意了。但此外如形式自由，重視節奏、旋律，表現直覺感受，講究暗示寓意等象徵主義的課題，也正是現代詩人最究心的地方。理清了今日現代詩的來龍去脈後，則李氏在中國文學史上的地位，是不容置疑的。

李氏三冊詩集，得詩超過三百首，主要的創作時間是由一九二一至一九二四年，當時是二十至二十三歲；我們先把握了這個時間因素，在評論李氏詩作時，是很有幫助的。二十多歲的青年，在三年內連續刊行三冊詩集，創作力是旺盛的；但在思想、態度和學養方面，卻恐怕仍需待嚴格的考驗！李金髮在《文藝生活的回憶》中自己説：「詩集出版以後，在貧弱的文壇裏，引起不少驚異，有的在稱許，有的搖頭説看不懂，太過象徵。創造社一派的人，則在譏笑。」另外朱自清在《中國新文學大系·詩集·導言》中説李氏的詩，「許多人抱怨着看不懂，許多人卻在模仿着。」究竟李氏的讀者有多少，那是一個有趣的

問題。他説「我兩本詩集只拿過北新書局數十元版税」，但無論如何，《為幸福而歌》在一九二六年十一月初版，在一九三一年六月再版。總之，這位當時被稱為「詩怪」的李金髮，所引起的爭論是各走極端的。周作人和鄭振鐸應是李金髮的知音，否則不會介紹他出版詩集；朱自清看來也是李金髮擁護者，否則不會在《中國新文學大系‧詩集》五十九家三百九十三首中選了李氏十九首。但這三人都沒有為李氏的反對者做過一點釋疑的工作。我很有興趣想看看批評家如何去攻破詩怪的難懂，但這小小的欲望，卻無法得到滿足。瘂弦在《創世紀》三十三期介紹李金髮，又在第三十九期（一九七五，台北）刊出李氏的〈答瘂弦先生二十問〉，發掘史料，允為難得，可惜對其詩卻並無評論。司馬長風《中國新文學史》（上卷）引李氏〈溫柔〉兩節，評為「他早期的佳作」，但「佳」在何處，卻沒有談及。李輝英《中國現代文學史》只引李氏〈棄婦〉一首，評曰「詞和句子都叫人難以卒讀」，「『裙裾』可以衰老，就算是出於詩中也不相宜。」其實〈棄婦〉的問題不在詞句的「難以卒讀」，而在意義的不可捉摸：

> 長髮披徧我兩眼之前，
> 遂隔斷了一切羞惡之嫉視，

棄婦披散頭髮，隔斷了社會卑視的目光，這是可以理解的；但跟着：

> 與鮮血之急流，枯骨之沉睡。
> ⋯⋯⋯⋯
> 戰慄了無數遊牧。

那便不知其意了。及第二節：

> 靠一根草兒，與上帝之靈往返在空谷裏。
> 我的哀戚惟遊蜂之腦能深印着；
> 或與山泉長瀉在懸崖，
> 然後隨紅葉而俱去。

讀起來頗悅耳動聽，但卻不明其義。至於李輝英所指「衰老的裙裾發出哀吟」的「衰老」，和蘇雪林所指「棄婦之隱憂堆積在動作上」的「堆積」，就算不認為有象徵意義，也可算是簡單的擬人法，不但不足為害，甚至可能是優點。

論李金髮比較詳細的是蘇雪林和王志健；尤其是蘇雪林在《現代》三卷三期上追蹤李金髮與象徵主義的淵源，條舉李氏特點，既為時最早，也最足根據，王志健亦多本蘇說。蘇氏列舉李詩特點：第一是行文朦朧恍惚驟難了解；第二是表現神經藝術的本色；第三是有感傷頹廢的色彩；第四是富於異國情調。最後談到李詩的藝術，特別指出「觀念聯絡」的奇特；善用「擬人法」；用「省略法」；至於文白交雜，文言虛字充斥，也是李氏特具的風格。

李詩難以索解，這是一般人的意見；對於這個問題，作者讀者皆可能有責任。可能作者在客觀上功力未足，因而在將經驗轉為文字時，徒見手足無措，結果迂滯難通；另有可能是作者在主觀上故弄玄虛，以高深莫測為貴，結果是孤芳自賞。讀者方面，亦有可能是以輕鬆的態度來閱讀嚴肅的文學作品，以消閒視之，稍遇困難，便放棄尋根究柢，這樣又豈無責任呢？

造成李金髮的問題的，還有兩個因素。就拿《為幸福而歌》來說，文字上的錯誤便甚多，這裏有明顯屬於文字的誤植，但亦有顯著的作者的筆誤，如〈斷送〉的「鷹隼」誤作「準」，〈呼喚〉的「引我心惹大的呻吟」中「偌大」誤作「惹大」；此類明顯錯誤，有水準的讀者自可了解，但剛好詩人是最有權利創製新奇字句的，所以對一些隱晦的錯誤，態度嚴肅的讀者，便只是盡心推敲其義，這玩笑便開得大了。另外，李金髮在詩集中採用了甚多法文引語，並以外文入詩。一首詩的引語，作用是幫助讀者對本詩有更深入的了解，因而引語是可以接受的。但試想想當時的中國，通法文的能有幾人？李氏既引用法文詩句，又無中譯相應，那除了以之驕人之外，是完全沒有意義的。在句子中引用外文，如情況需要，當然無可厚非；但以李氏來說，卻多非必要！如〈柏林 Tiergarten〉一詩，柏林已用中文，則「動物園」一詞，又何必拖一條德文尾巴；其他如 Amour（愛情）、Jeunesse（青春）等，都不是非用不可的。這些不成熟的行為，自然要在自己和讀者之間，形成一度堅牆了。

李詩誠然難懂，但若如蘇雪林所說的「李金髮的詩沒有一首可以完全教人了解」，卻又可以找到多少例外。王志健引了〈里昂車中〉一首，而評謂「這就是他造句特別，而又甚難索解的風味。」其實，〈里昂車中〉並不難懂：

> 細弱的燈光淒清地照偏一切，
> 使其粉紅的小臂，變成灰白，
> 軟帽的影兒，遮着他們的臉孔，
> 如同月在雲裏消失。

　　里昂是法國都市；里昂車中，在里昂線上的火車中也，本
詩主題是車中，倒和里昂無關。火車夜間開出，車站昏暗，因
而一切均蒙上「淒清」的色彩。車站眾多送別的士女，「粉紅的
小臂」，在「細弱的燈光」下「變成灰白」；當火車漸遠，戴「軟
帽」的臉兒，便好像「月在雲裏消失」。想車站送別，應不只女
性，但以一個二十多歲的青年，只以粉紅小臂入詩，這是可以
理解的。

　　　　朦朧的世界之影，

　　　　在不可勾留的片刻中，

　　　　遠離了我們，

　　　　毫不思索。

夜色下，朦朧的世界因車行漸速而遠離了車中乘客。

　　　　山谷的疲乏惟有月的餘光，

　　　　和長條之搖曳，

　　　　使其深睡。

　　　　草地的淺綠，照耀在杜鵑的羽上；

　　　　車輪的鬧聲，撕碎一切沉寂；

　　　　遠市的燈光閃耀在小窗之口，

　　　　惟無力顯露倦睡人的小頰，

　　　　和深沉在心底的煩悶。

車行經過山谷，殘月在天，輕風搖曳枝葉（長條），疲乏的山谷
深睡。「草地」一句是描寫谷中靜境，而「照耀」一語實在下得

突兀不妥。沉寂的山谷，被車輪的鬧聲驚醒。這時遠處市鎮的
燈光照到車窗口（「閃耀」亦嫌不妥）；「倦睡人」指車上夜歸的
旅人，湖海飄泊，頗有自況的意味。車行如飛，遠市的燈光閃
耀，彷彿驚鴻一瞥，自然「無力顯露倦睡人的小頰」，「和深沉在
心底的煩悶」。本詩到此為止，通過景物的勾勒渲染，暗示時間
之無跡，旅人的滄桑之感，不愧是小品中的佳作。但可惜李氏
不能止其所當止，復拖上一條「現身說教」的狗尾：

> 呵，無情之夜氣，
> 蜷伏了我的羽翼。
> 細流之鳴聲，
> 與行雲之飄泊，
> 長使我的金髮褪色麼？

是因應上三節的鋪陳而發的感喟：車行之中，冷寂的夜，途中
小河的水聲，行雲的飄泊，都使我（李金髮）疲倦了、褪色了，
而不再奮飛（蜷伏了羽翼）。

> 在不認識的遠處，
> 月兒似鈎心鬥角的遍照，
> 萬人歡笑，
> 萬人悲哭，
> 同躲在一具兒，一模糊的黑影
> 辨不出是鮮血，
> 是流螢！

無論火車奔向何方？終有抵站的時候，現在可以稍息的流浪
者，又須步入這「鈎心鬥角」的世界。「不認識的遠處」，旅人
須下車的陌生地方也；月兒也照着這地方，看看「鈎心鬥角」，
得者歡笑，失者悲哭；但其實得者失者，本質上都是遍體鱗傷
（「模糊的黑影」可以理解，「一具兒」可能是一處地方，或同一
命運之類，亦可能有誤字）。「流螢」，古人不知鬼火乃枯骨中的
燐質，而稱之為流螢；鈎心鬥角的世人，爭一時的得失，本質
上不過是鮮血，是枯骨而已！最後兩節，情感淺露，並非好詩。

　　李金髮的詩，多數不可解，這是不爭的事實。但話又得說
回來，如果要談李氏的詩，而又對他的採用法文引語的詩略去
不理，這是不夠全面的。攻破李金髮引用外文入詩的玄虛，是
饒有趣味的事。李氏〈戲與魏崙（Verlaine）談（自 Sgesse 二輯）〉
（Sgesse 原書誤植，應為 Sagesse，智慧之意）第五節：

> 魏赫崙説：
>
> Noyez mon ame aux flots de votre Vin
> fondez ma vie au Pain de votre table.
> 溺我的靈魂在你酒中的波浪裏，
> 挺我的生命，進入桌的麵包內。
> ——老舊的機能，新穎的情慾，縱不消愁亦派頦
> 充腸而去，吁，謝這老舊的機能。

人侈言靈魂、生命，其身體卻恆需麵包與酒的支持；老舊的機
能是人類的身體，新穎的情慾便是個人每欲超脱於身體限制的
想望，即所謂靈魂、所謂生命。靈魂的高蹈，與肉身的需要，

是人生的矛盾；而麵包與酒，縱不能使靈魂超脱肉身，但總可以滿足肉身的需要；且身前身後不可知，唯有目前的身體是實在的，我們能不「謝這老舊的機能」？這段對話，隱隱約約，非常耐人尋味。

在選用引語方面，李金髮品味甚高，所選的往往遠勝自己的詩句。在〈柏林 Tiergarten〉，李氏引用魏赫崙（E.Verhaeren）名句：

> Et que c'est I'heure où meurt à l'accident le feu,
> Où l'argent de la nuit à l'or du jour se mêle.
> 是不是，這時光有火焰在西方漸熄，
> 當夜之銀白滲入日之金黃？

寫黃昏景色，耀目生輝，比李氏之多言費辭，不可同日而語。李氏另有一首〈聽，時間馳車走過〉，引語雖然是吉農（V.Kinon）的詩句，但題目和意境卻是用了十七世紀英國詩人馬維爾（Marvell）名作〈給他害羞的情人〉（To His Coy Mistress）的幾句：

> But at my back I alwaies hear
> Time's winged charriot hurrying near,
> And yonder all before us lye
> Desarts of vast Eternity
> 但在背後我時常聽到
> 時間的生翼的戰車奔馳而來；
> 而在我們前方伸延的
> 是龐大的永恆的荒漠。

李金髮的詩和引語的關係，還有很多可供討論的餘地，希望以後有人在這範圍內深入研究，以饗讀者。

　　李詩之難解概如上述，至其朦朧恍惚、神經質的詞句、感傷頹廢，這是象徵詩派的特徵。李詩主要寫成於巴黎、柏林，有富於異國情調的地方，但也有很多宋詞的氣息在內，這是可以找到很多例句的。另外蘇雪林所謂「觀念聯絡」，是指用字方面的奇特大膽，到現在已經是見怪不怪了。李氏多用擬人法，又在詩中大量省略連繫線索，營造朦朧恍惚之美，這是個別作者眼高手低的表現，並不能說「這就是做象徵派詩的秘密」（蘇雪林語）。至於對文字敏感不足，運用不純，這是李氏最大的缺點。李氏《食客與凶年・自跋》說：

> 　　余每怪異何以數年來關於中國古代詩人之作品，既無人過問，一意向外採輯，一唱百和，以為文學革命後，他們是荒唐極了的，但從無人着實批評過，其實東西作家隨處有同一之思想，氣息，眼光和取材，稍為留意，便不敢否認，余于他們的根本處，都不敢有所輕重，惟每欲把兩家所有，試為搆（溝）通，或即調和之意。

如此運用文字的人，他的詩便有很大的局限性了。

　　檢查史料，很容易看出李金髮之寫詩是一件很偶然的事。他本來是以學習語文為主要目標的。從他詩集的引語可以看出，他的學習以法文為主，旁及一點德語、英語和意語。因為要學習法文，所以要讀一些法人的作品。第一次世界大戰後的

法國，社會是貧乏的，而且唯一的娛樂，似乎也只有是閱讀。一個貧乏的社會，自然不免充斥了憤世嫉俗、頹廢傷感、罪惡污濁等情調。一個二十歲不足的青年，正是吸收力最強的時候，他喜歡上和當時社會情調很配合的象徵主義，是可以理解的。李金髮的開始寫詩，如果説是由於一份創作的衝動，或是對詩的奉獻，無寧説是由於一份好奇，一種學步。首先，他不會對頹廢傷感有如何深入的體驗：他在國外時常得到家庭的接濟；回國後各處鑽營，也沒有一點憤世嫉俗的意味。另外，他有一點小聰明，學習很容易上手，否則留法的人成千上萬，輸入象徵主義的不會只有一個李金髮。象徵主義的詩不講形式，只重直覺，如果我們不重視與讀者應有的合理的溝通，不理會讀者的共鳴，那麼自説自話，故弄玄虛一番，便已成詩了。

李金髮在《飄零閒筆・序》中説自己詩集三冊，「沒有中心思想，不講究技巧，全憑直覺，不加修改，雜亂無章」，在《文藝生活的回憶》中説自己的詩「是弱冠之年的一種文字遊戲，談不上什麼思想，有些還是幼稚的幻想，笨拙的技術」。二十五歲以後，差不多已經放棄寫詩，「因為自己對詩體亦起了懷疑」了。事實上，李金髮對詩並沒有一份「生死與之」的感情；從〈答瘂弦先生二十問〉一文中，我們看到李氏對現代詩的發展的認識是非常貧乏的。二十五歲，對文學家來説畢竟是太年輕了；其實從李詩的引語所示，他是取法乎上的，所以不時發出點點微弱的光輝，若有足夠時日磨礪，結果可能不同。「弱冠之年的一種文字遊戲」竟然在文學史上佔一席開宗立派的位置，這真可以算是一段文學因緣，且亦非李氏所能預料吧！

作於一九七八年十一月十三日

刊於《水仙操》(一九九〇年出版)

中國人・中國史

　　攤開一張中國地圖，看看這個天傾西北、地陷東南的山勢，三河滾滾東流，灌溉了千里沃野，五嶽並峙，江湖滿地，這是中國人的戲臺。翻開一部中國史，從藍田猿人、北京猿人的活動到夏朝的建立，這傳說的時代，足有七十萬年；由商朝到現在，事實彰彰在目，有事蹟可考，有文物可稽，這段載諸史冊的歲月，也有五千多年，這是戲臺上的劇本。看看你自己，看看你周圍的人，圓顱方趾、眉彎眼細、黑頭髮、塌鼻樑，這些原稱諸夏，後來又稱漢族唐人，最後又叫中華民族的人物，便是這戲臺上的演員。

　　蒼茫大地，戲臺處處；到如今，有多少只賸得敗瓦殘垣，劇本是簡斷篇零，演員是灰飛煙滅？古埃及、希臘、印度、巴比倫，還有那更不可知的印加帝國，昔時燦若錦雲，如今安在？只有中國挺立於世上五千年，其氣運強時波瀾壯闊，懾人耳目；弱時亦如涓涓細流，生生不息。世上的古文明，一一淘汰，只有中國存在至今。為甚麼會這樣呢？最主要的原因，是我們的祖先對自己的文明極有自信，他們將自己的文明寫入歷史，傳之子孫，俾使後人承繼發揚。有些人說中國人是歷史的民族，因為中國人重視紀錄文獻。整理文獻，批判歷史，在政府是史官的工作，而私人亦當仁不讓。司馬遷參考公私紀錄，寫成《史記》，上自黃帝，下迄孝武；班固著《漢書》，范曄著

《後漢書》，陳壽著《三國志》，雖屬私人撰述，而一脈相承，推源溯流，一無阻滯。由唐代開始，每逢改朝換代，均由新政府主持編修前代歷史，從無例外，因此自古迄今，舉凡史實的變遷，制度的更換，人物的言行，俱可在書籍中尋得。五千年歷史，從不間斷，只有中國是這樣的。

　　古文明的滅亡，就已知的範圍來說，都是亡於外族的侵略。兩個民族的鬥爭，有時不只是武力的，而且同時是文化的。中國地大物博，時常惹起外族的垂涎和侵略，初時是中國佔優勢，及後國勢老大，武力上不及外族優越，先是五胡亂華，後至南宋，中國人只保存了南方；及元、清兩代，整個中國更落入外族之手，至二十世紀前夕，西方列強更實際上瓜分了中國。中國之亡而未亡，這全仗了文化的強韌性。人說，欲滅一個國家，必先滅了它的歷史。因為文化是抽象的，它只表現在這個民族的言行上，而民族的言行，則由歷史紀錄。滅了中國的歷史，國人便不知道自己的文化，那麼，做不做中國人也無所謂了。

　　有時，歷史不是由人家滅的，而是由自己滅的，這在國運衰頹的時候，尤其是如此。顏之推在《顏氏家訓‧教子》說了一個故事：

　　　齊朝有一士大夫，嘗謂吾曰：「我有一兒，年已十七，頗曉書疏，教其鮮卑語及彈琵琶，稍欲通解，以此伏事公卿，無不寵愛，亦要事也。」吾時俛而不答。

　　當時是南北朝時候，北方是鮮卑族人的勢力。顏之推先事南朝的梁，後奔鮮卑的北齊，以才學而受到重視，他本身已並不是一個很有骨氣的人。在鮮卑人的統治下，學習了他們的語言和樂器（琵琶），對於爭取功名富貴，自然有一定的好處。顏之推能夠「俛而不答」，而且以之訓子，可以算是尚有廉恥的了。到了宋元之交，明清之際，中日八年之戰，很多人借了外人之勢來魚肉同胞，甚至引導外人來滅自己的國，以干利祿，所謂「漢人學得胡兒語，卻上城頭罵漢人」，「鐫功奇石張弘範，不是胡兒是漢兒」，這才真是無恥之尤。

　　讀歷史，看今天，生而為中國人，卻不願做中國人的，真是古已有之，於今尤烈。在香港回歸之前，有錢有頭腦的太太小姐們挺着大肚子飛到外國生產，替她們的兒女取個外國國籍；有辦法的家長千方百計的送子弟到外國讀書，教訓他們中文中史可以不理，但英文必須讀好；注重實際利益的學生問他們的中史老師讀中史有甚麼好處？可不可以用來賺錢？事實上，這樣做絕對是無可厚非的；究竟，一般人的人生目的只是求生。自己的國家多事，唯有去做外國人了。不論文化如何強韌的國家，如果它的人民不肯認識自己的文化，對自己的國家產生不出一種熱愛和尊重的感情，這個國家是必然要滅亡的。亡國之後便是滅種，如巴比倫人的收場；就算不滅種，也只能像現在的吉卜賽人、巴勒斯坦人，無家可歸，受人歧視；或如以前的猶太人，沒有國家的保護，無辜被納粹德國屠殺了六百萬人。中國滅亡之後，你這個黑髮黃膚的外籍人士，會受到真正的平等待遇嗎？二次世界大戰日本偷襲珍珠港之後，美國的

美籍日本人是飽受歧視的。

　　在對日抗戰時寫了一本《國史大綱》，於焉振奮人心的錢穆先生，他在書中說：「身為一個有知識的國民，必須對其本國已往的歷史略有所知。」要愛國，便先要認識中國，要認識祖先的言行事蹟，否則，宣諸於口的所謂愛，只是糊糊塗塗的，筆友式的愛情而已。在一些國家的中學，體育和本國史是必修科，因為一個國民必須有健強的體魄和對國家的認知。殖民時期的香港，中史只是可有可無的閒科；回歸中國後的香港，竟然有官方意見認為中史應該取銷，其內容可與其他人文科「整合」，這不能不算是中華民族的悲哀。

《潤田文采》，二〇〇〇年

雪似梅花寫舊禪
——書寫二千六百年前 晚年的釋迦和阿難

　　國驊相告，他寫了一部約十八萬字的小說，要我寫序。那時，我們一班中學同學正在籌備慶祝中五畢業五十周年。五十年前是一九六六年，是「文化大革命」發軔之年，我們十七、八歲，中五畢業，前程未卜；家事國事、個人的進退出處，都困擾着一顆顆年輕青澀的心。可後來國驊和我都升上了大學預科班，於是便拋開其他，專心擠那「明德格物」之門了。而歲月易邁，行復周星，如果我們回到後漢，此時都快要手持國家頒贈的玉杖，杖端刻以鳩鳥為飾，悠閒地杖遊鄉里。

　　同校數年，國驊是睿智型的人物，一貫沉默寡言。我只記得他畫功頗佳；他曾有一幅「大坑舞火龍」的油畫，背景黝黑，呈現出好一個深沉世界。中六暑假，他告誡我不可終日荒嬉，可抓緊時間，通讀鄧之誠的《中華二千年史》。可是我從未聞國驊有寫作之好及出書之雅，所以我捧讀其說部之時，是好奇遠多於期盼。

　　開讀《尋找摩登伽》，起始是略讀，細讀是後來的事。所謂「細讀」，是認真閱讀文本並且真正深入文本，既注意結構、主題、思想，還要注意單詞、語言、修辭等所有文本中顯著的特徵。那是說，要把本書置於嚴肅的現代文學評論中，加以檢驗。

　　本書的場景設定在釋伽晚年的北印度，時間是「一個神人交替、天地相對於人佔了絕對優勢的時代」。人對這個時代的對應，就是在中國誕生了講仁愛的孔子（前五五一至前四七九），在印度誕生了講慈悲的釋伽（約前五六六至前四八六），在希臘誕生了講理智的三哲：蘇格拉底（前四六九至前三九九）、柏拉圖（前四二七至前三四七）及亞里士多德（前三八四至前三二二）。這幾位偉人開宗立派，其學說思想霑溉後代，對人類的影響，可能直至永遠。孔學是東方文化的基礎；希臘三哲開展了西方文明。釋伽則別樹一幟，其佛家學說，長久以來都是人類心靈的慰藉。

　　釋伽晚年傳教的基地在祇園。國驊剪裁佛經故事，以祇園為中心，敍述圍繞釋伽所出現的人和所發生的事，並通過各人的互相問難而闡述各自心中的佛理，時、地、人、事，大略均實有所據。所以，《尋找摩登伽》首先是歷史小說，以歷史事件和人物作為題材，以揭示該特設時期及特設地點的風俗以至人的思想情況，同時也探索着人的命運與社會衝突之間的關係，給讀者以啟示和教育。

　　釋伽之外，阿難很重要。本書的故事來自《中阿含經》、《雜阿含經》和《長阿含經》，是阿難花了六十年編寫的。他記錄了對釋迦的所見所聞，其實也同時記錄了自己的成長。從阿難成長的角度看，本書是一本成長小說（Bildungsroman）。這種形式的小說，主要講述人物從孩童到成年的成長過程中，獲得道德與心理上的成熟，以及人物的自我實現與社會現實之間的矛盾衝突。人之一生，大致上按着馬斯洛的生理需求、安全需

求、社交需求、尊重需求和自我實現需求而成長。在滿足需求的過程中，人和過去的自己發生矛盾衝突，和別人發生矛盾衝突，以至和社會現實發生矛盾衝突，因而製造出很多情節，構成了我們所見的世界。

亞里士多德認為觀看世界要看十個範疇：所是（whatness，實體），數量（quantity），質量（quality），關係（relation），場所（place），時間（time），位置（position），狀態（state），行動（action），影響（affection）。情節構成小說。情節是由人物的性格所推動的，而不是作者。在構思情節的時候，作者若能就這十個範疇加以思考，情節便更有深度，使其一環緊扣一環，務期事有必至，理有固然，避免了由作者從心所欲以推動情節的弊端，例如時序不協、巧合太多及「神仙打救」等。

小說的成敗，也在敘事。敘事的方法，常見的有順敘、倒敘、插敘、補敘和散（平）敘，然而遠不止此。《左傳》是我國的敘事之王，有人條分縷析，竟舉出三十五項之多！運筆作文，敘事難而議論易。議論如空中樓閣，可以疊出新意；而敘事則有如建造高樓廣廈，門階戶席皆有程序，一楹一牖，必須各安其所。故宮萬戶千門，卻隱然依一條中軸線貫通南北，所以森然有序。

本書情節紛繁，也需要一條中軸線把整個故事串連起來。塑造周那非常有創意。這個角色很符合想像中的古代印度貴族和賤民、傳統和現世、教化和色慾、靈性和金權交纏鬥爭的氛圍。周那在經書中的行動，包括帶着摩登伽搶親，跟阿難一起去鞞舍離，跟大雄的兒子們談判，帶阿難去荊棘林見釋迦，

之後是陪着八十歲的釋迦走上人生最後一程。在這些不同場合出現的周那，可能是四個不相干的人，現在合而為一，並把她安排為摩登伽的母親，是一條村子的巫醫之類。她自由地帶着女兒四處走動，讓女兒自由地去愛，而且幫她如願。要注意的是，那是二千六百年前的印度；那時種姓分明，四民不平等。她是有能力的婦解先驅。把她稱為周那，是因為經書記載釋迦晚年身邊的人是沙彌周那。在無法考證下，這是個把整個故事串起來的關鍵人物，而且也只有這個人處身於釋迦和阿難中間。釋迦晚年在祇園被拈花微笑的迦葉擠在一角，住進一個叫荊棘林的小房子，很多時就到鐵匠純陀那邊居留，最後出行也是周那相伴至死。在書中，周那是神來之筆，既耀采增華，亦缺之不可。

本書的情節相當緊貼佛經的記載，其中也記下了釋伽對門人的答問。可是透過這些對話，只看到當時釋迦說了些甚麼，卻不一定知道他為甚麼這樣做、這樣說。這裏就有空間去結構一些人和事，來表達其他人的想法和行為。從現代小說的意義來看，《尋找摩登伽》是一部複調小說（Multi-perspective fiction）。複調是音樂術語，即多聲部，指由幾個各自獨立的音調或聲部組成的音樂，演奏時兩種或多種聲音同時呈現，每個聲部既具有獨立性，又彼此和諧。複調小說借用此義，借作者、敘述者、角色等不同層次的敘述，使各人的聲音作同時多聲部存在，形成眾聲喧嘩，以此表達彼此衝突共存的不同想法和不同觀點。複調小說中的人物各自獨立，不相融合，都是以自己的聲音發言。他們與作者地位平等，各自的思想意識具有

同等價值，角色可以不同意作者的意見，甚至反抗作者。所以本書有相當部分以對話為內容，因為每一個思想就是一種話語，只有各種思想話語相互對話時，這種思想衝擊才有意義。這類小說的人物互相、甚至與自己本身不斷對話及爭辯，有時作者也參與其中。這種寫法，更容易引起讀者的思索，甚至想加入爭辯。

本書有相當部分是冗長的有關佛理的答問及闡釋，詞鋒冷靜，析理從容。這部分相當艱深，作者悉力以赴，加以解說。國驊非佛門中人而對佛學有如此認識，真可以說是難能可貴了。冷靜從容，是全書所呈現的風格。所謂「風格」，是指作者寫作及傳達自己思想的方式，是文學作品中重要的組成部分，亦憑此把作家區分開來，成為個別作家的標誌（signature）。國驊喜用長句，有意拖沓，就算故事發展到多懸疑險峭，峰迴路轉，仍然是節奏舒緩，語氣平淡；但又不時幽默一番，引為笑樂，所以滿有冷眼看人生的意味。由於作者對感覺的好奇、對知識的博聞以及創造的激情，他的文字功夫其實大有可觀。例如寫日、夜：

「正午的太陽把所有影子藏了起來。」
「晚風微拂，由淺藍到深紫逐步漸進的天空，開始東一點、西一點、南一點、北一點，無章地跳躍出值夜星辰。」

這兩句可謂不落俗套。又有些話語字字珠璣,可以視為金句:

> 「他天生就是見到繩子打了結就非要解開不可的人,
> 平常人見到的是結,他見到的是解。」
> 「腦袋會動的都知道拳頭是硬的,但拳頭硬的日子不
> 很長。」
> 「這雙手無論為自己做了多少事,人都不會,也好像
> 不必,去向雙手致謝的。」

一如《紅樓夢》,本書亦以神話開局。然後摩登伽、阿難、
釋伽及其主要弟子次第登場。唯有周那獲得特別對待,屢聞其
聲而芳蹤杳然。及至漸顯真身,且看作者如何描寫她動人心弦
的嫵媚:

> 「於是她舞動着身體的每一個部位,讓汗水迎着火光
> 如珍珠般閃爍,然後又在忽快忽慢的旋轉和扭動之
> 中,刻意用身體的曲線去誇張光和暗。夜晚的降臨
> 完全沖不淡炎熱的天氣,燒得熾旺的火槽和火把,進
> 入狂舞的女人就如同時被水神和火神踩躪着的一條鰻
> 魚,一面在拼命掙扎,一面在沉迷着享受每一剎那。
> 很快本來以家庭為單位圍坐着的人就變成婦女和小孩
> 留在後面,男人們都移動到大火槽前面。」

周那是塑造得很成功的人物。她憑靠女性天賦的本錢,借一機
遇而改變命運,寫得有血有肉。摩登伽被挾走前,寫周那之算
計及行動;之後,則寫周那在祇園奪權操控,比王熙鳳更王熙

鳳。而晚年釋伽的祇園，活脫就是印度版的大觀園。本書開始時分幾線發展；至摩登伽不再現身，漁翁收網，諸線漸次收束併合，細流匯成巨浸，大水破堤而出，一瀉千里。然此張力只在內部激蕩，字面上語調依然平穩。

全書讀竟，掩卷之下，我倒想起蘇軾的兩句詩。宋神宗熙寧七年（一〇七四年）冬，東坡改知密州。天氣酷寒，他寫了幾首詩詠寒詠雪，押韻時用上了尖字和叉字。眾詩友大感興趣，競相和作，詩史上稱為「鬥尖叉」。這兩句詩是這樣的：「也知不作堅牢玉，無奈能開頃刻花。」古人認為雪片作六角之形，堪擬一片五瓣的白梅；雪似梅花，存在之時甚暫而美艷不可方物。雪知道自身不可能像玉那般堅牢耐久，卻也要在極短暫的時間裏，開出頃刻的雪花來。而人體亦形同草木之脆，生老病死，煙消雲散；但不甘不服命運的人卻所在多有，總要在各種條件限制之內，發放生命的光輝。

明、清兩代很多老文人在暮年歸隱之後，多會精心編輯自己的詩文，加以謄鈔或刻印，然後分送親朋，為人生留下一鱗半爪。人在紅塵裏打滾，飄蓬旋舞，各有軌跡；但總是萬里乾坤，百年身世，往往都是此情難訴吧！國驊卻另闢蹊徑，以鳩杖之年，交出一部十八萬字的小說，讓我們細味佛經上說的人生七種必須經歷的苦難：生、老、病、死、怨憎會、愛別離、求不得；以至「戒生定，定生慧」之類的應對之道。「萬古長空，一朝風月」，命運，真泥人深思。人生是苦，但問題，總是要解決的。

康德如是說：「人類原本的命運在於……進步。」

二〇一九年六月

「共憐潔白本天姿，
縱在泥塵性不卑」的林湖奎

　　林湖奎先生善寫鶴。鶴相清奇，古已有《相鶴經》，據傳出自浮丘公，公以之授王子晉。王子晉是古時學道成仙的人物，故鶴亦沾有仙氣，居的是芝田蕙圃、玉水瑤池，食的是潭皋之粟，飲的是溶溪之水，群飛滄海曙，一叫霧山秋。先生寫鶴的出色處，正是仙氣泛紙而出。

　　先生出生於大陸，六、七歲時來香港，嗣後長居於斯。先生少習西洋畫，包括素描、水彩、油畫等；又隨梁伯譽老師習山水畫。一九六〇年代，夤緣投入趙少昂老師門下，成為「嶺南畫派」門人，自此影響一生。先生憶述當年隨師學藝的經過，盡顯孺慕之忱，一派「猶記兒時聞緒論，白頭不敢負師傳」之摯誠，令人感羨。

　　少昂老師力主習畫要多寫生、多創作。先生恪遵師訓，力求功底紮實，學好素描，掌握物體的形態、比例；又到各地觀察人情物理，寫生創作，藉此豐富了生活，也豐富了藝術。

　　年年踏破萬街塵。數十年來，湖奎先生往來各地，結交朋友，互相交流；閒時踏遍大街小巷，不斷觀察、研究、摸索。早期寫魚的時候，先生便常去各個處所觀魚，如金魚、錦鯉、熱帶魚等，都描寫準確，表現出客觀細緻的觀察能力。其中寫源於印尼的龍吐珠，更是技法創新；觀者看魚，其角度與魚同

在水中，或在水族箱之前，與傳統上從水面看魚又自不同。

先生之創新，還可略舉一二。如寫鶴，則把鶴從傳統的「松鶴延年」的窠臼中釋放出來，拉闊視野，把鶴帶到雪花飛舞的國度。寫白鷺，則是「正疑白鷺歸何晚，一片雪從天際來」，以幽暗的枝葉為背景，烘托出鳥兒一身雪白的羽毛。

先生筆下，具見花卉、鱗介、翎毛、走獸，題材極其豐富。先生用紙，各取所長，如寫白鷺用麻紙，寫貓、猴、黑豹等用上好的中國宣紙，寫金銀龍（魚類）則用日本的金咭紙。先生下筆，寫法多端，或工或意，而形神俱備，如以破筆皴刷繪寫動物的茸毛，以意筆揮寫黑豹和猴子，以乾筆描出草和疏枝，藉以營造背景氣氛。看先生作品，不近華麗絢色，多的是淡雅清純的氣韻。正如有論者指出，從構圖的組織、形象的塑造及色彩的渲染來看，先生畫作，可以用空、靜、靈三字概括。

一千年前北宋的張詠以詩寫鶴，起句即謂「共憐潔白本天姿，縱在泥塵性不卑」。林湖奎是嶺南畫派第三代傑出的代表人物，他的作品，論法度則一脈相承，真傳了師門的藝術風格和技法；但看成果，卻顯然各有所造，表現出自己的審美取向及創新精神，形成了鮮明的個人的藝術風格。湖奎先生自有天姿。

藝術家的心靈、情感和品格，必然在其作品中表現出來。心不誠，無以見物之真相；心至誠，則物我兩忘，與天地渾成一體。看湖奎先生，我們便看到一位靜觀自得、謙厚平和的藝術家。

二〇二〇年七月

序胡國賢書

　　日月明逝，萬物遷化而體貌衰謝，此魏文之所大痛也。
盛世浮生，余亦老耄，乃至漱芳紲絪，聊從永日。閒讀家藏，
見古今詞人，類多貧悴，命同雁鶩；然其以詩文自煥，清節磨
礪，而鮮有降心阿俗之行，此固君子之能自適其道歟？今有胡
君國賢者，雅尚高致，博學多通；而閉影自好，遊歷山川，結
交同道。及其著述，則擷芳揚菙，學養深醇。其詩字協韻秀，
佳句輒得；咄嗟吐納，俱成令音。涵其章，則忽而蒿目，忽
而解頤，規勸諷，道性情，慷慨熱腸，風流冷眼，一卷而哀集
之。是謀篇命意，端視其最宜，固不必為體製所宥限也。胡君
溫然接物，恂恂儒雅；讀其詩，觀其行，則又剛腸勁概，絕非
以苟且為明哲如世之俛眉者可擬。古云：「天心不可違，人情不
可失。」其詩得之矣。己亥秋番禺譚福基識於香江北角小樓。

二〇一九年

（編者按：散文、論文類別中，只有這篇以古文書寫，行文駢散並
用，論點發而中節。）

隨緣幾度看花回：
序路雅《隨緣詩畫集》

　　今年已到五月上旬，不意還能浸沐着攝氏二十三度的溫柔。盡日廉纖小雨，纖就一張疏疏的網，輕輕地將春籠住，不放歸去。滿街濕潤如酥。微雨輕風，道旁樹下，綠蔭搖曳，蕩春一色。樹旁的小店細意點染着繁紅嫩翠，店門外放一桌一椅，一個一身素白的女子斜靠椅上，桌上一杯冷凍的果茶，一卷法文詩集。回首青山，依約的那些日子，滿是少年風韻，迷詩、編詩。

> 蒹葭蒼蒼，白露為霜。所謂伊人，在水一方。
> 溯洄從之，道阻且長；溯游從之，宛在水中央。
>
> ——《詩·秦風·蒹葭》

眼前幻，身後景，遙戲這層層艷色，一夢小布爾喬亞的闌珊如許，能不令人如癡如醉？則怕你如花美眷，又怎耐得似水流年！

　　此際臨窗，但見縠縐波紋，小船容與。眺遠則左是大灣區膏腴之地，右則巍巍的 Rosewood 拔海而起，好一派水陌風光：

> 笛郎。臨江前的繁塵驚眸否？
> 日高春盡，你盈手舒卷

悠然東渡或西渡

瘦舟，已踩去幾片輕花嫩雲

——冬夢〈詩贈藍分十四行〉

收到路雅《隨緣詩畫集》打印稿時，剛好雲收雨過，麗日風
和，甚宜讀詩。隨手翻到〈偷窺人間〉：

站在原來的地方看變

許多的依然成了永訣

喜怒哀樂以外

拾來今夕

竊看天上人間

看作者的書，他是不知道的，讀來真有「竊看天上人間」之樂。

翻閱《隨緣詩畫集》打印稿，它分為兩部分。第一部分成
詩較早，全為五行詩，每首配上一幅篆刻的題句。第二部分則
全為四行詩，每詩配以一幅江南風韻的水墨彩畫。路雅又匠心
獨運，自成格式：四行全為6-4-4-6字；前詩末句，成為後詩
首句。查歐洲有一種起源於中世紀末期的民歌敍事方式的四行
詩，稱為民謠（ballad），是最普通的詩歌形式。如果是用韻
的四行詩，則稱為quatrain，abab是其最常見的用韻模式。又
有一種起源於古希臘的寫作手法，就是每一行的最後一個單詞
或者音節，在下一行中重複，作為回應，稱為回聲詩歌（echo
verse）。

二十世紀九十年代初，羈魂、胡燕青、王偉明和我計劃復

刊《詩風》，聯袂去了路雅的印刷所。就是這樣，本來邀請他承
印，後來他卻加入我們的團隊，出版詩刊。

> 應該歸去
> 只是雲深不知處
> 萍蹤無覓
> 又見江南春水都綠了
> 花落誰家？
>
> ——路雅〈不悔〉

醞釀開盡，綠蔭無數，滿天落花亂舞，能碰在一起的，便是有
緣。

二〇〇九年，秀實的《圓桌詩刊》篆刻家姜丕中組織特輯，
約好十位詩人為姜丕中的篆刻作品寫作小詩。路雅交了功課，
又續寫了十多首，都載於《隨緣詩畫集》第一部分。

年多前，新加坡大華銀行舉辦畫展，展出的作品是攝影師
水禾田刊於報上的水墨畫，路雅承印畫冊。開幕禮上，兩個當
年的文社中人，得以相聚。明年（二〇二〇）為香港傷殘青年
協會成立五十周年，創辦人路雅為母會舉辦一個籌款的慈善畫
展，《隨緣詩畫集》就是為此而出版。己亥（二〇一九）春節，
水禾田拔刀相助，為二十五首路雅的四行詩，各配上一幅富於
江南韻致的水墨畫，玉成其事。

四行詩是短小的詩，它只是詩人一下突然興起的感覺。余
光中的〈鄉愁〉是四個的四行詩節，它得到政治人物的品題，譽
滿大江南北：

> 小時候 / 鄉愁是一枚小小的郵票 / 我在這頭 / 母親
> 在那頭 //
> 長大後 / 鄉愁是一張窄窄的船票 / 我在這頭 / 新娘
> 在那頭 //
> 後來啊 / 鄉愁是一方矮矮的墳墓 / 我在外頭 / 母親
> 在裏頭 //
> 而現在 / 鄉愁是一彎淺淺的海峽 / 我在這頭 / 大陸
> 在那頭 //

這種寫法，使用連續數行的明喻，把兩個事物進行比較，常見
於史詩中，如荷馬、但丁等作品，所以稱為史詩式明喻（epic
simile）。而路雅也有一首四行的〈鄉愁〉：

> 忽然覺醒歸去
> 月冷星殘
> 燈寒獨照
> 夢是夜的過客

　　用四句詩來表達鄉愁，富有象徵意義。象徵，是使用一個
標記、符號或言語，以表示一種觀點、信念或關係。它把字面
意義和抽象意義結合為一，使讀者可以將他所見的事物與截然
不同的概念聯繫起來。作者書寫時，不時要處理一個清醒的意
識層面，或者一個夢想的精神層面，以至更複雜的一個完全不
可知事物的無法言詮的層面，這時象徵便可派上用場。詩人往
往使用比喻或象徵的語言來表達個人的情感或意識，李商隱便

是著名的例子。象徵主義（symbolism）於十九世紀八十年代在法國興起，對二十世紀的文學有很大的影響。

詩人寫詩，是一種感覺；畫人憑之寫畫，是另一種感覺；讀者詩、畫並觀，是第三種感覺。詩不只是寫給耳朵聽的，也是寫給眼睛看的。中國古典詩與畫、與書法、與篆刻或碑刻的互相配合，並不罕見。現時在詩中採用圖形式的結構，可以不同於尋常安排，例如詩的首句從頁底開始，採用不同的顏色印刷，甚至採用空頁和雲紋花邊的書頁等，路雅更曾附送茶葉，使詩除了聽、看之外，更可以嚐。

《隨緣詩畫集》，讓詩、畫、篆刻，來一次結緣。

甚麼是真正的、具有現代意義的詩？我們在哪裏可以找到它？它又是以怎樣的方式存在的？路雅〈松聲〉：

> 問路的人已遠去
> 殘陽伴晚鐘
> 雲外山
> 一群歸鳥回來了
> 寺內短松聲

多少個春夏秋冬，詩人勞心損形，回腸九轉，卻總是花箋寂寞，白頭詞苦。驀然回首，但見夜影流波，繁星如散錦。月杵瑤光，若有瓊華之闕，光碧之堂。座上七人談笑風生，細認是荷馬、屈原、杜甫、蘇軾、但丁、莎士比亞和歌德。丹梯之下，則有碧樹銀塘、芝田玉水，群仙耕焉。

後賢兼舊制，歷代各清規。問路的人已遠去，殘陽冉冉，

有晚鐘、歸鳥、松聲。

二〇二〇年七月

卞之琳及其〈圓寶盒〉與〈距離的組織〉

　　新詩到了卞之琳、何其芳、王辛笛的作品出現，才真正有了有意義的語言創造和成功的表現。在胡適《嘗試集》的時代，新詩是朦朧一片，不堪卒讀；康白情《草兒集》則已漸有進步，偶雜佳句。到了《漢園集》、《魚目集》和《手掌集》的出現，新詩的成就，即如旭日初升。《漢園集》出版於一九三四年，收入了何其芳、李廣田和卞之琳的詩。《魚目集》出版於一九三五年，是卞之琳的詩集。《手掌集》則是王辛笛的詩集。上述幾人，除了李廣田，可說是在二十世紀三十年代新詩人中最有成就的。

　　在二十年代，李金髮首先提倡在詩中採用象徵主義的表現手法，頗引起當時的注意，但學習的人不多。直至創造社的穆木天、王獨清、馮乃超等人加以響應，象徵主義才稍為受人注意。在二十年代末期風行一時的，還是郭沫若的自由體和新月派的格律詩，而其中又以新月派的影響尤大。新月派的貢獻，主要是提出新詩的格律問題，和介紹西洋詩的格律。可是由於新月派多受英國十九世紀浪漫派詩人的影響，詩的內容和風格，多趨向於單純的理想主義和輕綺的浪漫情調，對於人生沒有深入一層的探討，大約徐志摩便可以代表這一類詩的風格。

　　李金髮的象徵主義，則無論在表現的手法上或是內容意識

153

上，都要深刻些。可惜李氏在語言上的掌握未到家，因而影響亦不大。李氏稍後的戴望舒也是走同一的路子，不過在詩的語言上卻簡潔凝練得多。因為戴氏的詩發表在《現代雜誌》，所以受他影響的詩人，便被稱為現代派。當時的詩壇，大致可分為三派：其一是繼承郭沫若自由體的左派，其二是後期新月派，其三是從象徵主義發展出來的現代派。而卞之琳便是在這個背景之中出現的。

三十年代詩壇的普遍趨勢，是出身於學院的詩人，多傾向於新月派，而卞之琳最初也是新月派的詩人之一。卞氏的詩雖以晦澀著名，但亦有其明朗的一面，那就是對新月詩風的保留。後期的卞之琳，從新月轉向於現代派，更而邁越兩派的影響而卓然成家。

現代派的主要特點，是揚棄了浪漫主義單純的理想主義和情緒的直接說明，而以更含蓄的手法去探討無限的人生。如果我們將詩的內容分為深度和廣度來看，左派的詩人著眼於廣度，現代派則向深度發展。只是當時的現代派雖然向深度探索人生，卻大都只流於一種頹廢的情調和世紀末的色彩。而卞之琳卻除此之外，更轉向於深沉的冥想，這是他超越現代派的地方。

〈圓寶盒〉，是卞氏一篇很成功的作品，我們試從這首詩來看看詩人的深沉的冥想吧：

> 我幻想在哪兒（天河裏？）
>
> 撈到了一只圓寶盒
>
> 裝的是幾顆珍珠

情調是現代的（天河裏？），是二十世紀的語言。詩中的「我」，不在銀河抱月，不在蟾宮折桂；詩人的圓寶盒，大概是清夜裏圓圓的月亮吧？從這一點小小的想像，從這一個圓，詩人展示了人生、世界：

> 一顆晶瑩的水銀
>
> 掩有全世界的色相
>
> 一顆金黃的燈火
>
> 籠罩有一場華宴
>
> 一顆新鮮的雨點
>
> 含有你昨夜的嘆氣……

從一顆水銀，看出了「世界的色相」；一顆燈火，反映出「一場華宴」；而從一顆雨點，聯想到了永恒的痛苦，我們不能不驚嘆於詩人聯想力的敏銳和內在生命的豐沃。人生，就只是一場華宴，人類的不可落實的歡笑，欺騙了別人，也麻醉了自己。只是酒闌人散之後，詩人當會感受到人生的空虛；世界的色相，不過是一顆晶瑩變幻的水銀，甚或是空無一物而已。嘆氣以後的「……」，更屬神來之筆，詩人要留給讀者們自己去想像了。然後——

> 別上什麼鐘錶店
>
> 聽你的青春被蠶食
>
> 別上什麼骨董舖
>
> 買你家祖父的舊擺設。

人生是時間的過渡，世界是歷史的累積。詩人從他的圓寶盒想
到了歷史（買你家祖父的舊擺設），想到了將來（聽你的青春
被蠶食），這就是從一點一滴展示向更廣闊的人生。但是卞之
琳的人生，還是聚凝在他的圓寶盒裏：

> 你看我的圓寶盒
> 跟了我的船順流
> 而行了，雖然艙裏人
> 永遠在藍天的懷裏
> 雖然你們的握手
> 是橋──是橋！可是橋
> 也搭在我的圓寶盒裏

人，是受着大自然的羈縻的（雖然艙裏人永遠在藍天的懷裏），
人不能脫於生老病死；可是詩人樂觀地擁有自己的「船」，帶了
自己的「圓寶盒」（人生），而人的生命，需要人與人之間的和
諧、溝通，於是握手是一道橋，能夠使你誕登彼岸。然而橋也
在詩人的圓寶盒裏，只是──

> 而我的圓寶盒在你們
> 或他們也許也就是
> 好掛在耳邊的一顆
> 珍珠──寶石？──星？

詩人心中的人生，在別人來說，不過是身旁的裝飾物（珍珠、
寶石），甚或是眼中的幻像，可望而不可即的物體（星？）。

所謂「一花一世界，一葉一如來」，卞之琳從一個圓一個點聯想了多少世界多少人生！從「珍珠」至「水銀」，從「水銀」至「燈火」，從「燈火」至「雨點」，詩人展示了人生的面面，於是從鐘表店的青春虛度至骨董的舊擺設，握手的橋，詩人替這命定的人生略賦予意義，再從「雨點」還原到「珍珠」，又再展開為「寶石」、為「星」，這想像力是驚人的，意象是豐富的，語言是奇異的，而這聯想的結構又是多麼的嚴謹。

〈圓寶盒〉所展示的人生，是略帶灰色的。這種灰色，我們可以在卞之琳的另一首詩——〈距離的組織〉——裏更清楚地感覺到：

> 想獨上高樓讀一遍「羅馬衰亡史」，
> 忽有羅馬滅亡星出現在報上。
> 報紙落地圖開，因想起遠人的囑咐，
> 寄來的風景也暮色蒼茫了。

距地球一千五百光年的星星，在羅馬帝國傾覆之時爆炸，其光至一九三四年方傳至地球。設若在同一距離的另一個星體生物正在通過儀器窺視我們，他所見到的，亦不過是羅馬的盛況而已。面對着時空的無窮，宇宙與自然的不可測，則一切民族的興衰成敗，個人的生老病死，在比較之下，都是不重要的。詩人至此，能不萬念俱灰？

> （醒來天欲暮，無聊，一訪友人吧。）
> 灰色的天。灰色的海。灰色的路。

哪兒了？我又不會向燈下驗一把土，
忽聽得一千重門外有自己的名字。
好累啊！我的盆舟沒有人戲弄嗎？
友人帶來了雪意和五點鐘。

　　在動盪的三十年代，詩人孤單地去摸索一個安身立命之所，他要在茫茫的人世間，尋找可立足的位置。他所追尋的彷彿找到了，卻又在「千重門外」，所以不禁嘆一聲「好累啊」。詩人是頗有倦意了，而這種倦意，是三十年代的知識分子所共有的。從以上的兩首詩來分析，我們可以看出卞之琳作品的深度。卞氏在他的作品裏所展示的個人的玄思、豐富的內涵和想像力，都是使他成為一個成功的詩人的地方。

二〇二〇年七月

偷眼看紅塵——小說

花果飄零

從學生會飯堂走出來，小雨飄飄。我拉起了衣領，舉步向山後走去，腳下濕漉漉的黏着鞋底；才三月天，早開的花已然早落，就疏疏的鋪了這條小徑。

低頭看看錶，二時五十分。恐怕要遲了，我搖一搖頭。今早上完教授的課，臨走時他提醒我午間的約會。「不要遲到啊。」他温和地笑。但，和幾位老同學在飯堂不期而遇，這一聚，時間便不管用了。

課後跟老同學吃完飯高談闊論，是很愉快的事。從中學到大學，從鬧市的小餐室到大學外的高級食鋪，我們似乎仍然談不夠。

今天，談的是熱門題目：縱論前途，也不知談了多少次了。我們之中，沒有未來的醫生、律師，或者工程師，我們只是簡單的文科生和理科生，畢業後做政府工，教書，或者進入商行。他們喧鬧地談着，我靜靜地聽着。

突然，阿生問我：「喂，你還記得何老師嗎？」我點點頭，她是教我們預科英國文學的一位年青女教師，從澳洲學成回來，教了幾年書，現在已經是一所教會中學的校長了。

「她問起了你，知道你全修中文，倒很替你憂慮呢？」

「她憂慮什麼？」我還來不及回答，阿全便搶着問。

「她說，在香港，最要緊的是精通英文。唸得好的，政府、

商行，真是條條大路；至不濟也可以教一份書，沒有人會不要。其他讀歷史、地理、社會科學、理科等等，也算得是學有專長，不愁高職優薪。唯有中文，香港有什麼地方需要中文？就算需要了，有多少人跟你競爭？人家中文中學出身、讀完中大的；從台灣回來的；以前國內大學畢業的；人家怎會相信你番書仔的中文！」

「她說得對！」讀理科的阿明搖頭嘆息。「也不要說畢業以後，就說現在，通過了會考數學不合格便不能考大學這條例後，補習數學收四十元一小時，而且仍在漲價。補習英文時常『站』穩三十多元，但沒有聽過有補習中文的。」

「就是走課去教私校，也不用教中文的。」阿全插咀說。「算是用了，也要容忍較低的薪水、較多的工作。」

「你不教有別人搶着教呢！」阿生也不甘寂寞。「阿賢，你在什麼周刊拿了個小說獎第一名，才得到三百元；我們系裏的某某應徵了英國文化協會的什麼莎士比亞研究論文，卻拿了一千大元呢！」

「阿賢，我們早勸過你不要全讀中文，但你不要聽！」這是一致的結論。話題便從這裏敞開去了。某某影后挺着大肚子遠走美國待產，要替子女拿個居留權，造福後代。年青人一窩蜂的出國讀書，千方百計謀一份居留證……。中國人不願作中國人，真有說不完的故事。我靜靜地聽着，他們都說得對，現實便是如此。讀預科時全班二十多人，九人中文考得優異，一時傳為佳話；拿着中文優異的成績入大學，而全讀中文的只有我一人，就是教我們預科中文的陳老師也怪惋惜地說：「怎麼全讀

中文？修一點翻譯也好呀 …… 。」

「阿賢，你早聽我說，讀一半中文，一半歷史，前途也好點吧。」

「我想說一個故事。」我突然說。他們都呆了一呆，怎麼今天要說故事了？我一手支頤，緩緩的開口；眼睛望出窗外，「明德格物」的校旗迎風招展；一天煙雨，眼睛越過維多利亞港，越過半島平地的建築物，獅子山後濛濛一片；而獅子山前，那是我們中學時讀書的地方。

獅子山腳下，喇沙中學的對面，界限街的南邊，有一所孟氏圖書館，後來叫作中山圖書館。

每天，在學校飯堂吃完午飯，還有一段時間才上課；有些時候，我便信步走到那裏翻翻書籍。

有一段時期，我注意到有一個白種小孩在午間到來，大約七、八歲年紀的，要求掌館的小姐替他拿下一本地圖冊，便看得津津有味。

有一天，當我站在書架前瀏覽的時候，一隻手忽然拉一拉我的衣袖。

「請替我拿下那本地圖冊，好嗎？先生。」那白種小孩操英語說。

我回頭望一望門口，那掌館的小姐果然不在。我拿下地圖冊，禁不住好奇的問他：「你常常來看什麼？」

「我來看俄國！」

「俄國？現在不叫俄國了，叫蘇聯。」

「不，爸爸說是俄國！」他固執地說。

我現在有些明白了。他翻開地圖冊，指着西伯利亞對我
說：「俄國真大啊！」然後手指一落，「這是中國。」然後又一移
手指，「這是香港。」

他一面凝視着廣袤的歐亞平原，一面說：「我快要記熟這
些地方了。」

「你有去過俄國嗎？」我問他。

「沒有。」他搖了搖頭。「但爸爸說我們一定會回去的。」

「當然，你們一定會回去的。」我肯定地說。他非常高興，
跳起來拉着我的手說：「你真好。」

「你會說俄語嗎？」我拉他坐下來。

「當然會。」他於是嘰嘰嚕嚕的說了幾句。「你說什麼？」我
問。「我說你是好人，我喜歡和你做朋友。」我笑了起來。

「但是，這裏沒有俄文書籍。」他忽然又一面的不快樂。

「你還可以閱讀俄文嗎？」他點了點頭。「你一定會找到俄
文書籍的，一定會！」我安慰他。

之後，過了一段時間，他便不再來了。他已經記熟了俄國
的地理；或者他已找到了一所備有俄文書籍的圖書館。

故事講完，大家都沒有做聲。我低頭看了看腕錶，「糟了，
錯過了補習的時間了。」我叫起來。

「什麼？你補習？補習些什麼？」阿明跳起來問。

「補習中文！」

「補習中文？」阿生驚喜交集，「什麼價錢？」

「五十元一小時。但這是非常待遇，作不得準的。」我笑着
說，拿起桌上的書，揚長而去。

小雨輕輕灑着，我仰着面，在這傾斜的路上，踽踽獨行。路兩旁是高築的圍牆，鎖着幾許富貴人家。樹木和竹影從牆內透出來，讓恍如愁思的微雨洗滌着濃濃的綠色。

在路的盡頭，一扇疏格的鐵門之前，我停下腳步，扶了扶脅下的書本，舉手掀着門鈴。這是一座兩層的花園洋房，園內三株椰樹成品字形挺直地矗立着。

「你找誰？」一個老婦人隔着鐵門問。

「我找這裏的主人余先生。」我説。那婦人點一點頭，説：「請等一等。」於是她轉身離去。

「請你告訴余先生我是葉同學。」我高聲説。她再點一點頭，便走進屋裏。

過了片刻，那婦人走出來，打開門，説：「余先生請你進去。」

我跟着她走在那條大門前的小石路上，路的兩旁鋪滿了碧油油的小草。

廳裏的陳設明潔而簡單，中央擺了一套黑色的真皮沙發，牆壁都髹上淺淺的藍色，南面是一度通上二樓的樓梯，向北放了一張餐桌，西壁掛了四幅山水畫，東首供了一張小几，几上一盤清雅的水仙，牆上掛着一幅行書的對聯，寫的是「謝客門闌風動竹，惜春時節雨肥梅」。

「請你坐一坐，我去請余先生下來。」那老婦人奉上香茗，便轉身走上二樓。

余先生是一位高大英俊的中年人，大約有三十四、五的年紀。他的面龐白皙，平直的鼻子架着一副眼鏡，態度自然，瀟

灑而閒雅。

「是葉同學吧？」他微笑着伸手和我一握，禮貌地讓座。

「不錯，是馬教授昨天通知我來見你的。」

「很好很好，你知道你的工作是什麼嗎？」

「我想是替令郎補習中文。」

「不錯，我的孩子只有七歲，現在在一所英文小學讀上午部。」他緩緩從衣袋裏取出一個煙斗，燃着煙絲，深深吸了一口，又慢慢噴出了一個接着一個的煙圈。

「我的內人是英國土生華僑，平生以不能讀寫中文為最大的憾事。後來她難產去了，只遺下這個兒子。他隨着保姆長大，因此懂得漢語，但卻不認識漢字。」

他頓了一頓，然後說：「使他能閱讀和書寫中文，這便是我希望你能夠做到的工作。」

「我一定盡力而為，余先生。」

「很好，那可多謝你了。我的工作很忙，沒有時間理會他。我這孩子，可要你費心教導了。」

他站起來，握着我的手，「每日下午我都不在這裏，你來了可以用我的書房。」

於是我隨着那老婦人來到了二樓的書房，這房間三面被書櫃圍着，放滿了中外書籍；一面鑲了落地的長窗，窗外是一個小露台。透過長窗，遙遙可見維多利亞港。

這孩子有一頭烏黑的頭髮，圓大晶亮的眼睛，和紅潤小巧的咀唇，面上的神情就時時顯出活潑精靈的樣子。

我微笑着，拉着他的手，一同坐在一張黑色的桃木桌前面。

「告訴我你叫什麼名字。」

「我叫 Alan。」

「Alan 是英國名字，你的中國名字呢？」

「我沒有中國名字！」他搖着頭説。

「為什麼你會沒有中國名字？」我詫異地問。

「為什麼我要有中國名字？」

我聽了一愕，覺得答不上來。真的，他為什麼一定要有一個中國的名字？

「你知道我來教你些什麼？」

「爸爸説請個老師來教我中文。」

「那你為什麼要學中文？」

他搖着頭，沒有出聲。

「那是因為你是中國人啊！」

他靜靜坐着，只是好奇地望着我。

「沒有人告訴你你是中國人嗎？」

他輕輕地搖着頭。我望着他底清澈明亮的眼睛，良久無語。就有一點空虛的感覺縹緲地襲上心頭。我將頭埋在掌裏，使他看不見我面上的憂鬱。或許在這個年頭，能不知道自己是中國人，也算是一種福樂。

「老師，老師，什麼叫做中國人？中國又是什麼？」

他的聲音宛似銀鈴，又彷彿是一滴跌落在我心湖上的露水，我喃喃説：「中國是 …… 中國是 ……」然後我的聲音越來越低，好像飄到很遠很遠的地方。

而驀地我便覺得心中一片空蕩。兩年來我開口中國，閉口

中國，然後今日我恍然醒悟，中國對我是如此遙遠，又是如此陌生。

如今我面對一個對中國一無所知的小孩，我能夠告訴他一些什麼呢？中國是一個國家⋯⋯，然而英國、美國，也是一個國家，這個答案並不使他明白什麼是中國。也許我應該告訴他中國的詩詞歌賦，散文駢體；先秦哲學，兩漢的經學，宋明的心學，清代的樸學；唐虞夏商周以至明清民國的數千年歷史⋯⋯。

我遂默然站起來，慢慢踱到窗前，細雨亂敲着落地的長窗，薄霧淡淡地罩着維多利亞港，又罩着朦朧的遠山。就彷彿聽到了一陣陣低沉憂鬱的聲音，虛無縹緲地起自那細雨綿綿的北方——

> ⋯⋯如今都變了夢裏的山河，
> 渺茫明滅，在我靈府的底裏。⋯⋯

「葉老師，葉老師。」我從沉思中醒過來。他拉着我的手，一臉是焦急的樣子。

忽然我覺得有一些歉意，我想我一定嚇壞了他。

於是我拉着他的手坐下來。

「中國是一個國家，而這個國家卻有着很多和人家不同的東西；只是今天太晚了，以後我一定告訴你中國是什麼。現在——」我輕輕撫着他的頭髮，「我給你起一個中國名字好嗎？」

他用力地點着頭。

「你是 Alan，那麼我可以叫你雅倫，雅字含有美好和諧的意

思，倫是人與人之間的關係，中國人最注重的便是大家能夠好好地一同生活，一同快樂地過日子，你看這個名字好嗎？」

「好啊，好啊！」他高興地拍着手，「多謝老師，多謝老師！」

「很好很好！」我一本正經地說：「那今天我教你寫四個字，那是『中國』和『雅倫』。」

於是我端坐在那張桃木桌之前，和烏墨，驅狼毫，端端正正地在一張白紙上寫了中、國、雅、倫四個字。

他用心地看着，也用心地寫着，只是除了中字之外，其他三個字太難寫了。我不斷地糾正他寫字的姿勢和握管的手法，於是那些歪歪斜斜的字，便漸漸地變得端正了，嚴整了。

我看着他伏案寫字的神情，時間便像忽然間倒退了好幾年，就彷彿看着我自己年幼的時候，一筆一畫地對着帖子臨字，弄得滿手墨污。

而時間點滴離去。

「葉老師，明天早點來。」

「很好。再見，雅倫先生。」我微笑着，拍拍他的肩頭，便走出屋子。

雨還是輕盈地飄着，我又再獨行在這樹木和修竹夾道的斜路上。

我漫步走向校園裏的宿舍，時已黃昏，霧燈淡白的光灑落在我的頭上。樹木和青草長滿了整個山頭，夾纏着一條迂迴曲折的小石路。

我仰着面看山，雨漸漸停下。

三月，也是杜鵑花開的季節。

紅紅的杜鵑花開得漫山遍野。我摘下一朵杜鵑，輕輕咬着花瓣，而一點苦澀的味道便從舌底升起。雨水沿着斷莖處滴下來，映着紅紅的花朵，便好像滴着血。就將花朵放在掌上，我輕輕一吹，一個生命就飛得遠遠。便記得秋天當風起的時候，叢叢樹葉落個滿天，也不知來自何方歸於何處。而寒暮如水，冷得使人有點瑟縮；我亂步而行，卻見那雲天漸開，昏黃淡月，冉冉起自東方，於是一切雄心壯志，霎時都盡。我暗暗向天祈告：希望我能夠有這個機會，向斷根零落的中國小孩，講講那個叫做中國的東西！

後記：上學的孩子們常常要寫〈我的志願〉。這是我的〈我的志願〉，刊於一九六九年四月的《中國學生周報》。四十年後重寫，加枝添葉，大樂。庚寅驚蟄後記。

（編者按：小說亦發表於《英華書院》校刊，一九六八——一九六九，蒙英華舊生會鈎沉舊文，特此致謝。）

初稿，一九六九年四月十一日，《中國學生周報》（八七三期）

二稿，二〇一〇年五月，《潤田文采》

定稿於二〇二〇年七月

惘然

回首謝芳菲，花願為流水落，
痴蝶埋身春夢，恨春風蕭索。
怨歌聲斷雨絲長，無奈情耽擱。
雲暗飛鴻過盡，愧錦書難託。

——〈好事近〉

我從地上拾起一粒小石子，小石子上滿是潮濕的沙泥，那小的重量，就停在掌心。

今天便是整天地下着毛毛的細雨，這典型的暮春時節。黃黃的野花披着粒粒晶瑩的水珠，蕪雜的野草碧油油地俯仰，在我的眼簾下，在大自然的呼吸之間。曖曖的遠山寂寂，曖曖的墟里依稀；而細細的雨絲無際，就散入了濛濛的煙霧，也散入了淡淡的春風。

而春風吹皺了這淺淺的小湖。我將手中的石子投在湖心，湖水便泛起一圈圈微弱的漣漪。我的心就彷彿是那波動的湖水，當春風送來野地的氣息，我便想起世事不由人。我實在想不到，我竟會在這個時候，在這個地方。

於是我信步走在泥濘的小路上，於是我走到這個巷口，而灰茫茫的天空變得更黑，而她的影子便彷彿要從我的眼底飛升。我用力搖一搖頭：唉，這是怎麼搞的？這件事應該是絕無

道理，卻又似乎是非常順理成章。我第一次來到這個巷口，我第一次來到她的家門，鳳哥兒指着她説：

「這是我表姐。」

她微微笑着，清秀的面頰像朵花。她盈盈地從樓上下來，清風吹散了她底頭髮，也吹開了我的心扉。

這一刹那便是永恆。她是這樣的顯現在我的眼底，依依的她，微微笑着。

而我走到這巷口，黑雲低低壓着屋頂，她家大門闔着。她到了哪裏？我輕敲着腦袋。可是我怎能知道呢？我和她也是如此陌生，今天才偶然碰見。

「篤──篤……查」，一陣鑼鼓的聲音從屋後那塊空地傳來。她是躲到了那棚裏看大戲吧？這下雨天，能去了什麼地方！

我微微仰起頭，墨藍色的天空，細雨輕輕碰着我的臉，卻又兇殘地撕破了簷角的蛛絲。

我轉出這條巷子，漫無目的地走在這些泥路夾雜着石子路的途徑上。我穿過了這條巷子，又轉入了那條巷子，然後，我站在這一叢叢蓬草的邊上，就是這樣默默的站着。那倩影是從遠方來的，那將不知是什麼時候，我們能夠手牽着手，或許是春天，或許是秋天，或許有陽光伴着清風，或許有微雨洗滌了新綠，然而那將是最佳的時刻，我們手牽着手，説村落灰黑的牆換了粉白，説鄉村的姑娘也有迷你也有胭脂，又説那會飛的天使，又説那《聊齋》裏可愛的鬼狐，而我們手牽着手，就陶醉在那細雨和風的境界，就陶醉在那從葉影隙兒裏篩落的陽光。

　　只是這時候天更朦朧了，遠方的村落已經迷失在霧中。我離開了高高的蓬草，夜來的涼意直滲上心頭，而雨絲裏更無一個行人。我信步於黑暗的懷抱，便只有從人家的窗裏才能見到有點兒燈光。

　　我再次來到這個巷口，她家的大門闔着。

　　我倚着牆邊，站了很久很久。

　　然後，我又離開了。

　　我還是回家吧，我想。這裏根本便不屬於我的。沒有鳳哥兒，我便不會來到這裏，也不知道會有她的存在。鳳哥兒説，伴我去郊外走走好嗎？一個人坐火車怪悶的。我説，天又下雨，外面很凍……他説，去吧，我姑母很喜客，他們村裏今天是二十會，不知是慶祝什麼神誕，蠻熱鬧的……。

　　於是我便來到這裏。而天已經昏黑；回家吧，回家吧，我在這裏是個陌生人。

　　鳳哥兒在他的妗母家裏打牌，他的運氣很好，晚飯完了之後他還沒有離開過位子。

　　「碰，紅中，滿了。」他笑吟吟地，一眼看見我進來，便一連串的向我説着做牌的經過。

　　我想説要回家了，但是我沒有機會開口。

　　「來來，自己坐一會兒，大家老朋友，不用招呼啦。」他説着，又回過頭來與他的同伴們高聲談笑。

　　我悄然站起來，離開了。

　　再去找一找她吧，我應該向她説一聲「再見」。

　　於是我又來到這個巷口，她家的大門闔着。

我輕輕扣着門環，卻沒有半點聲息。

屋後，有歌聲傳來：

> 一葉輕舟去，
> 人隔萬——重——山，
> 鳥南飛，鳥南返，
> 鳥兒比翼何日再歸還，
> 哀我何——孤——單！

哀我何孤單，我覺得頭裏一陣發熱，夜裏的涼意直滲上心頭，而雨絲裏更無一個行人。

我還是走吧，我在這裏是個陌生人。

但是我反身踏上通向屋後空地的石階，一大堆躲在棚裏看大戲，他們自己成了一個圈子，在那裏吃着零食，談笑着，或者是沉醉在戲劇中那虛構的故事裏。

而我決定回家。從這空地邊的小樹叢裏穿過去，是一條修竹夾道的石徑，通向公路。

然而，我退下石階，再來到她家的門前。

她家的大門闔着。

我立在門前，待着，心裏有些蒼涼的味道；我也沒希望什麼，我只希望向她說一聲「再見」！

而驀地門「呀」的一聲半開了，她是離我如此之近，她的身體，發出一陣青春的氣息。而我趕忙退開。

她亭亭地立在門框上，衫裙飄飄，長髮飄飄。門外是如此黑暗，只有從屋內透出了一點兒燈光來，就在她底衣服上，面

頰上，抹上一層神聖而又醉人的金色。

「你呀，小鳳子呢？」

「他在妗母家裏。」我的聲音出奇地變樣。

「我們村裏今晚有一個派對，你和小鳳都來參加吧。」

「我……我想回家了，這太晚啦。」立刻，我心裏大悔，我怎麼能拒絕她呢？只要是她高興，我會把春天的第一度晨光採擷，用絲帶紮好，裝在盒子裏來送給她；我會把雨後的彩虹裁剪，裝飾她底柔軟的頭髮。

而她笑着，闔上門，對我說：

「好吧，那麼我們以後再見。」

我呆立着，看着她轉過巷口。而我默默穿過那種着翠竹的小徑，走上公路。

路燈灑下淡淡的黃光，照着濕濕的路面。我躲在一棵松下，雨像銀絲般在我的眼前投下一道隱約的簾子。當有車飛馳在這寂寥的路上，車頭的燈光投在路上的水窪裏，光影閃綽着，便恍如散落一地的星星；而我就彷彿看見她，在一個人的懷裏，徐徐起舞。

於是我趁上了車，來到火車站。

「本站九時正開出末班火車。」

我看看站上的電鐘，是八時二十分。

月台上，滿是淺淺的水窪。我的視線越過平野，越過遠山。在這黑夜裏，星星不在濃雲的邊緣，星星散落在月台上，在淺淺的水中。

站內闃無一人，我就坐在長椅上，頭上是一盞昏黃的燈。

　　於是我登上火車，廂內只有我一個乘客。我坐在一個近窗的位子。火車站下那個小商店傳來了唱機的歌聲，那是一闋聽厭了的「吻我，再見」。那歌聲隨着風，捲進了車廂：

　　　　只是這麼一次，

　　　　讓我感覺着你是屬於我的………

　　而火車漸漸開動，我關上玻璃窗，漠然坐着。

　　那歌聲，便好像是從很遠很遠的地方傳來，又漸漸地散入了那淡淡的春風。

　　作於一九七○年四月一日，刊於《水仙操》一九九○年十月

老金的巴士

　　汽笛悶悶的一聲長鳴，無可奈何地，疲乏而笨重，吞納了飽滿人潮的渡海小輪，正緩緩開行。六時零五分，黃昏在點點滴滴的潑染過來。收拾好文件，離開了寫字間，走向電梯，一群一群的人，也離開了寫字間，每一個門口都吐人出來。

　　出了大廈的門口，抬頭一望，天黑得很快，一大片烏雲壓着九龍。快下雨吧，每個人都行色匆匆，但每一個人都衝不開遍地的人潮。一群一群的人，從每間大廈的門口出來。我走向海邊，走向碼頭，碼頭和這裏只是咫尺之遙，但是行人道上正在修路，馬路上匍匐了長長的不耐煩的車輛。我走在行人道的邊沿上，前腳踏到了別人，腳跟又給人踏着，還有陣陣的汽油味，還有濃濃的黑煙，從廢氣管嘔出來，擦我的鼻子，捏我的咽喉。

　　突然「嘎」的一聲，我嚇了一跳，一輛「寶馬」停在腳邊——「找死嗎！不要命囉！」一個肥肥的頭伸出來叱喝。我默默的走開，背後一陣暴躁的響號，一陣雜沓的人聲。我默默的走開，有十里的市塵隨我，但總還是揮不去一縷「嗒嗒嗒嗒」的單調，清晰地在我的耳際縈迴。也不知從哪時開始，「嗒嗒」的打字機的聲音，便重複而單調的敲我的腦細胞，敲我的神經線——「你放小心點，」老闆的兒子悠閒地攤在那張真皮高背軟椅上，指着桌面上一疊信件，「你這份工作，有超過一百人等着來

做！」他年青的面上，裝上一份嚴肅的神態，薄薄的嘴唇瀟灑地張合，我垂頭站着，猥瑣地站着，一面努力地假裝小心地聽着他損我，一面努力地抗拒那「嗒嗒嗒嗒」的聲音。他說得對，有超過一百人在等着我這份工作，只有他是老闆的兒子，而他們都不是。在得到他仁慈的准許後，我默默的走開。

天更黑了，有一兩點雨粉，今晚準會有雨，人群更形忙亂。隨着人群轉過街角，海上似乎有霧，朦朦朧朧中，碼頭像是屹立在海邊的一隻巨獸；每天，碼頭是一隻張着口的巨獸；每天，人群是一波復一波的浪潮，把我納入了這巨獸的呼吸。

進了碼頭，趕上輪候找換輔幣的人龍。跨海而來的人群甫散，閘門只開及一半，便有一族飢餓的野獸翻蹄而出，呼嘯着衝向渡輪。我雙手抱着身子，也不用移動腳步，便給衝到船上。汽笛悶悶的一聲長鳴，輪渡劇烈的震盪了一下，便緩緩開行。

我垂頭坐在椅上。左首那人是個大胖子，只穿了一件笠衫，一條短褲，撐開手腳的在看鹹濕夜報，肥大的肩背貼着我的手臂，隱隱傳來一陣陣霉味。右首那人口角叼一根煙，一頭蓬亂的長髮披肩，雙腳連着烏黑的布鞋，擱在前面的椅上。我侷促的坐在中間，垂着頭，閉上眼睛，努力的在霉味和煙味的力壓下呼吸。

船終於停定，跳板還沒有落下，一船的野獸已經紛紛跳登彼岸。我跟蹌的舉步，踏到別人的腳踝也給人踏着腳踝，偶一回頭，那邊閘後已另有一幫虎視眈眈的獸群等待衝閘！

碼頭嘔吐了瀉地的人潮，人紛紛散開，散向不同路線的巴

士站，站成一條條不規則的蛇形，蛇尾遠遠的擺向馬路，每當有巴士響着號衝刺而來，蛇尾便一陣紛亂，散成一條醜陋的孔雀尾巴，之後又凝聚成蛇尾。

我站在蛇腰。兩頭開始漸密，每個人都焦急地仰首看天。我耐心的等着，老金的巴士就要來了，我在這裏乘了五年的巴士，這老頭從來不誤點。五年，老金不誤點，我也不誤點，這周圍的人也不誤點，總是在這個時候，聚集在這裏，等候老金的巴士。看，它不是也來了嗎？

一輛巴士風馳電掣而來，人群立時起了騷動，紛紛湧向車口。「請守秩序，請守秩序，他媽的，不要打尖！」站長叫得聲嘶力竭。我前後左右都是人體，也分不清是男是女，只是一堆堆的血肉，緊緊的黏着我的肋骨、背脊，黏着我進入車廂。「不要再擠上來，排好隊，好了，又有車來了，不要再擠。」站長擋着人群，一面叫着，一面大力拉上車閘。「搞掂，開得！」

車子沉沉的喘了一會氣，又劇烈的搖了一陣，便重重的開出。漸漸，車子駛過了總站外的迴旋處，跟上了前面的車隊，等着轉出前面的大路。近碼頭的這一區，在微風下黑沉沉的，車廂內開亮了昏黃的燈，擠滿了人，大家都氣息相聞，互相呼吸着對方的廢氣。車子緩緩地前進，有人開始吸煙，於是一車的烏煙瘴氣。

離開碼頭的第一個巴士站滿是人，老金的巴士跟着前面的車隊緩緩前進，慢慢的到了巴士站。大群人搥打着車門，「下雨啦，行行好，讓我們上來。」車門於是打開，我趕快提起右手，緊握車頂上的扶手，準備抵抗快要入侵的壓力。人體不斷的壓

上來，人與人的空間漸漸縮小，我面前的壓力愈來愈大，我漸漸的後退……突然，「哎喲」的一聲，我趕忙的回頭，垂着的左手好像摸到了一節滑滑膩膩的什麼東西，在我背後的女學生狠狠的瞪我一眼。「對不起，對不起。」我喃喃的説，唯有將左手也提起來，握着車頂的扶手。「哼！」那女學生啐了一口，將她的書包抱到面前，我正在覺得背上一硬，突然眼前一黑，一座龐然大物正面壓過來，然後車子一動，左右同時有身體抵着我的肋骨，於是我高舉雙手，就此動彈不得！

車子大大地喘了一口氣，慢慢的離開車站。我茫然睜開眼睛，赫然看見一個差不多有六呎高的胖婦站面前。她的肚腩緊壓着我的橫隔膜，肥大的胸脯虎伏着，君臨着，我軟弱地舉着雙手，盡力把頭仰後，爭取呼吸的空間。她昂然挺立，鼻孔朝天，貪婪地吐納着，帶着使人窒息的氣味，在我的面上颳起一陣陣的狂風。

我盡力的別過頭，腦中昏昏沉沉的，總好像吸不進空氣。咦，那是什麼？那人突起了眼睛，密密地喘氣，活像一尾死魚，怪嚇人的……唉，那是我，那是車前的倒後鏡。

空氣，空氣！我想嘔吐。腦中一陣又一陣的暈眩，眼睛一陣黑一陣白，雙手一陣又一陣的麻痹，什麼好像不聽使喚了。唉，車子開得很快，開得很快……

「咦，不對呀，老金，怎麼走到這條路上……」

「是呀，走錯了！走錯了！」

「失心瘋嗎？老金，快停車！快停車！」

我茫然睜開眼睛，車子開得飛快，車廂的人蕩來蕩去，一

車騷然。

我茫然望向車外，卻什麼也看不見。原來不知什麼時候，開始下着一場暴雨。窗外黑沉沉的，暴雨敲擊着窗，老金的巴士在雨中開得飛快。

「嗚嗚，老金瘋了，為什麼總不聽我們的，快停車呀！」

「奇怪，老金開了這許多年車，怎會走錯路？」

「他不是走錯路，他是瘋了。」

「唉，昨天他還是好好的，怎麼今天瘋了？唉，真倒霉。」

「老金，快停車！快停車！救命呀！救命啊！」一車鼎沸，有些人呼喝，有些人哭喊，亂成一團。

我大口大口的喘着氣，為什麼雙手總是不聽使喚，仍是高高的舉起？雜沓的聲音，刮着我的腦袋，刮着我的神經。啊，那「嗒嗒嗒嗒」的聲音，老闆的聲音，老闆兒子的聲音，修路的聲音，汽車響號的聲音，輪船汽笛的聲音……哭聲，笑聲，爸爸媽媽，不要再吵了，不要逼我！不要逼我！

我昏昏沉沉的，車駛得飛快，一車的烏煙瘴氣，一車的雜沓人聲……突然，我眼前一黑，車廂的燈齊齊熄滅！「啊！」驚呼的聲音此起彼伏。「啊！」「恐怖啊！」漸漸，驚呼的人聲漸漸遠去。

昏昏沉沉的，四周一片漆黑。是日蝕嗎？「天狗食日！天狗食日！」驚慌的人群漸漸散去。手心很痛，腳板也很痛。頭上的荊棘，深深刺進腦袋，背上的鞭傷，正噬食着靈魂。父啊，你在震怒嗎？但這是你的旨意。請收起你的雷威吧，不要驚嚇了你的兒女，就只要下雨，下在我的身上。我在流血啊！手心

很痛，腳板也很痛，我的身體在流血！讓雨下在我的身上吧，就讓雨帶着我的血，流向后土，流向茫茫的大地，流向永恆，流向千年萬載，洗刷他們的罪，也洗刷你的恥辱。父啊，原諒他們吧，因為他們做的，他們也不知道。父啊，原諒他們吧，因為他們是你所製造的，你愛他們，甚至將你的獨生子送給他們，為他們贖罪。那麼，就讓雨下在我的身上吧，就讓雨帶着我的血，流向時間，流向空間，卻不要讓我的血白流！

昏昏沉沉的，四周一片漆黑。驚呼的人聲漸漸遠去。我的雙手仍高高舉起，死釘在車頂的扶手上。一片漆黑，一片死寂，壓着我的人體彷彿驀然消失，我盡力仰起頭，怎麼雙手總是不聽使喚，仍是高高的舉起？窗外的暴雨，彷彿直接打在我的身上。雨，你打吧，我已經舉起雙手，不再需要任何保護。你說你是無處不在的，那麼，你一定知道。你說你重來的時候，那便是最後的審判。請你審判吧，天地是你造的，我們是你造的，罪與罰，仁慈與救贖，一切都是你造的。但你是如此喜歡惡作劇啊，甚至讓你獨生子的血白流！

為什麼人有生老病死，富貴貧賤？為什麼人間有不公，有壓逼？為什麼人生憂患多，歡樂少？為什麼人的肉體有創傷，心靈有痛苦？我很害怕，我很害怕！為什麼我雙手仍然麻痺，你要釘我在車頂的扶手上？請放我下來！放我下來！

一陣劇烈的震盪，突然之間一切靜止。沒有人出聲，沒有雨聲，沒有一點聲息。良久，良久，漸漸壓力減輕了，好像有人下了車，漸漸好像有了微光，雖然這不是車廂內的燈光。有人下了車，有一群人下了車，我周圍的壓力都消失了，慢慢的

放下雙手，輕輕的舒一口氣，輕輕的，像在做着一個甜夢，稍重的呼吸都會把它驚散。我舒展了一會筋骨，借着微光，舉步下車。

　　雨已經停了很久，深邃的天一望無際，一輪明月掛在天邊。月下一片好大的草原，盡頭處筆直下削是懸崖，崖外茫茫，看不見底。草原的那邊，有溪水，有樹林，草原上生滿了野花。老金舒展着手腳，在草原上漫步。一個個下車的人，在草原上或坐或臥，或者是悠閒的散步。我深深的吸一口氣，一股清甜的氣息直透心胸，散向四肢百骸。我貪婪的呼吸着，活動着手腳，青草的氣息，野花的香氣，還有葉上的露水，都在月色下氤氳。

　　老金微笑着指向那森林。我奔過去，濯足在淺淺的清溪。清溪旁的樹下，滿堆着不知名的果子。我捧起一個，鼻子先聞到清溪的香氣，輕輕咬了一口，嫩滑的皮膚裂開，清甜的汁液飽潤了燥裂的唇。萬籟俱寂，甚至沒有流水的聲音；我悠然臥在樹下，臥入大自然的懷抱。

　　月亮漸漸移到中天，一個一個的人上了車，最後，老金向着我直招手，我搖了搖頭，於是老金聳一聳肩，自顧回到了自己的駕駛座去。沒有任何聲息，老金的巴士漸漸遠去，冉冉遠去，幽靈一般，在黑夜中消失。

　　此際天清月明，我臥在樹下，柔和的月光灑落在我的面上身上，像母親溫柔的手，在撫慰一個受了委屈的兒子。

　　彷彷彿彿，天地變成搖籃，明月伸下一隻溫柔的手，溫柔的手搖呀搖的，搖我酣然入睡，搖我納入大自然永恆的呼吸。

《小説》雜誌，一九七八年

（編者按：〈老金的巴士〉寫城市人的苦悶壓抑，入木三分，當時作者二十九歲。小説獲選入劉以鬯主編之《香港短篇小説百年精華》，書分上下兩冊，近八百頁，香港三聯書店出版，二〇〇六年九月初版。此書涵蓋了一九〇一至二〇〇〇年間香港小説的選本，收錄了六十七名作者的短篇小説，每人一篇，除了譚福基外，譚劍卿及鄧傑超亦入選，三位都是英華學生，而《英華青年》是唯一入選的學生刊物。）

散尾葵 (節錄)

……我茫然望着前面黑暗的海水，眼角漸漸模糊起來，就彷彿又再次看見那一條長長的橫街，以及兩旁的四層樓的舊式房屋。那個時候，高樓大廈恍如鳳毛麟角，路上少有汽車經過，空曠的地方很多，這長街的盡頭，便沒有高聳的建築物遮擋，面向空闊的西方。街上有一層向西的舊式樓宇，便是我少年時代的居所，在我出生之前，我的一家便已經住在那裏了。那時社會發展緩慢，大多數的居住單位都擠上了幾戶人家；沒有例外，這一層舊式樓宇也擠滿了小孩，其中有偉強、俊傑和我。我們三個人讀書的成績較好，所以也特別投契。每當夕陽在西，柔和的陽光斜照，我們三個人總要倚着臨街的石欄，望着天邊的紅霞高談闊論。於是，十多年的時間悄悄溜去；然後，新的總不免要淘汰舊的，隨着社會不斷的發展，這幢樓宇便要面臨拆卸改建的命運。終於有一天，寧靜的街道上響起一片嘈雜的馬達聲，幾輛貨車，就帶着我們這幾戶同住了十多年的鄰居各散西東。就在那天黃昏，我們三個人又漫步在這條寧靜的街道上，然後攀上那黝黑的梯間。門打開了，「吱——吱」的幾聲，一群老鼠四散奔逃。屋內堆滿了雜物，一片荒涼。我們對望一眼，不期然又走出露台，倚着那石砌的欄杆。西方的天邊，夕陽放出萬道金光，晚霞如錦……

「我的父母在鄉間結婚，日本仔打中國的時候逃來香港。和

大多數其他人一樣，在那個苦難的時代，他們都沒有機會接受教育。

他們到達香港時，身無長物，又無技能，幸好申請了一個小販牌照，就這樣在街頭爭逐蠅頭小利，一眨眼將近三十年。

我是家中的長子，出世後乏人照顧，於是父母帶着我到攤檔上就近料理。到我可以站立時，他們便把我放在一個竹筐裏，讓我自己跟自己哭，或者自己跟自己玩。（以後，跟着的弟妹也是這樣養育的，不過，我漸漸懂得在有空時照顧他們。）到竹筐再困不住我的時候，我便和其他街市上從泥濘裏長大的孩子一樣，彈玻璃球、拍公仔紙、粗言穢語、打架吵咀。如果不是七歲時母親帶我入學讀書，到現在會是什麼情形，也不必去想了。

就像那時候的大部分的其他家庭，出世的兒女愈來愈多，擔子便愈來愈重。我們沒有假期和星期日，每天五點多鐘便要起牀，趕上市場辦貨；到晚上九點多，才收拾好檔口回家。我常常幫父母到市場買貨，有時是乾貨，有時是果蔬，然後把它們運回來。我有空時，父親常常教導我他的「手藝」，有意要我繼承他的「事業」。作為家裏的大兒子，雖然不夠十歲，但我已是父母的重要助手；尤其是在大節日之前，生意極好，我甚至沒有時間上學！

攤檔之後是一所公廁，有免費的自來水供應。父母忙於買賣，兒女小不懂事，大的忙於上課，為了方便，午飯和晚飯都在檔位烹煮。我們從公廁打水；在炎熱的季節，我們甚至在那裏洗澡和洗滌衣物。

家只是睡覺的地方（有時買入了值錢的乾貨，為了防備偷竊，父親便睡在檔口），反而，這個攤位是我們全部的生活。

在這個檔口裏，吃飯是最麻煩的事！在冬天，雖然寒風凜冽，但可以圍爐進食，問題還不大；可是夏天氣候炎熱，在街上吃飯，真是難以下咽。最麻煩的便是下雨的時候，我們縮在攤檔的帆布簷下，幾個人擠在一起，一陣風來，便滿頭滿臉都是水珠。

那時，我呆望着地上的雨腳，濺起朵朵水花，心裏多希望，能夠有一個像樣些的家！

小學畢業，父親叫我停學；中學畢業，他又叫我停學；幸好兩次都拿到免費，才可以繼續讀書。入了大學，他才算再沒有異議，因為他以為大學畢業生能賺許多錢。其實平心靜氣想，父親並沒有錯，他半生勞苦，總算養大一群兒女，還要他怎樣？至於母親，她更是中國優秀女性的典型；無論付出怎麼多，只要有少少的收穫便感到滿足。每次當父親因為過節之後生意清淡而休息一天，帶着全家人逛街時，父親大踏步在前面走着，母親背着一個，又拖着兩個死跟在後，邊走邊左顧右盼；我看着她臉上那份自豪的表情，心裏便不禁充滿憐憫！

那時，我便暗暗發誓：我要盡力使一家人生活舒適！」……

作於一九八三年六月，刊於《水仙操》一九九〇年出版

（編者按：上文是節錄本，欲覽全文，請看譚福基著的《水仙操》，詩歌雙月刊叢書2，頁36-75，或看譚福基校長@blog https://alantamfookkei.wordpress.com的小說類別）

文學散步—— 尋詩人少年足跡

黃秀蓮

近年來興起文學散步，文學欣賞便從文字之精讀而進入實景之體驗。

舊區市集　凝住時光

詩人從小就住在廣東道與亞皆老街交界的唐樓，那麼，就從旺角山東街出發，轉入廣東道吧。咦，怎麼從街頭到巷尾都是舊舊的，九龍市區竟還有尚未重建的一段長路一排樓房。四五層高的老房子一幢連一幢，外觀相近但並非劃一，在高高的天宇下顯得格外矮小。有些略為修葺，有些頗見殘舊。

這兒是菜市場，人聲喧鬧，攤檔林立，顧客如鯽。攤檔鐵皮造的，用塑膠籃、發泡膠箱來陳列貨品，除了賣常見的時蔬鮮菜、水果花卉外，還有竹蔗、椰子、果皮、酸菜、蕎頭、臘鴨、蛋麵、炸魚皮、涼粉、蛋散、果仁、葵瓜子、水泡餅、淮山薏米糕、去濕湯料、山草藥、腐乳、麵豉醬、檀香、太陽鏡、廉價衣物、手推拉車、粗糙玉石、古錢…汽車穿過得慢駛，緩緩拉開了一卷畫軸——市集風景，舊區面貌，時光恍惚凝住了。

攤檔胼胝　母愛瀰漫

這篇小說自傳色彩甚濃。「父母在鄉間結婚……到達香港時，身無長物，又無技能，幸好申請了一個小販牌照……我是家中的長子，出世後乏人照顧，於是父母帶着我到攤檔上就近料理。到我可以站立時，他們便把我放在一個竹筐裏……我常常幫父母到市場買貨，有時是乾貨，有時是果蔬，然後把它們運回來。我有空時，父親常常教導我他的『手藝』，有意要我繼承他的『事業』。雖然不夠十歲，但我已是父母的重要助手。」他們住在二樓，攤檔正正在樓下。

「母親，她更是中國優秀女性的典型。」〈穗城秋月〉這樣寫：「（外公）村中的秀才，在她幾歲時便歿了；後來外婆亡於痢疾，母親才只有十三歲……村口不遠處她挑着土產往廣州販賣的渡頭。」年僅十三的孤女，把擔子從鄉下挑到廣州再挑到香港，日子即使再窘迫也不能磨蝕秀才女兒的志氣，遺傳基因裏一脈書緣綿綿不盡，讀書是她對兒子最殷切的期盼。兒子小學會考准考證及派英華書院的證件，她珍如拱璧，悄悄收藏了五十七年而證件如新。

書友並肩　切磋琢磨

「福基！」梁國驊在樓下呼喚，福基伏在騎樓看書，騎樓另側擺放竹籃子，在曬菜乾。「國驊，我來了。」國驊住港島，下了渡輪，再步行至廣東道，與志趣相投的福基

一起上學。那時是一九六一年，中一孩子讀書郎，背着沉甸甸的書包，迎着晨光往彌街校舍走去。校舍也是教堂，散發歐陸古典氣息，一班同窗，彼此呼喊着小名，上課聽書，小息踢塑膠西瓜球，渴望長大又喜歡反叛。學校不負家長所託，很愛護孩子。兩年後英華書院搬往九龍塘牛津道，求學之路更綿長了。

數年前，國騂把長篇小說《尋找摩登伽》寫就，福基編之序之，興致勃勃。福基謝世，國騂一聲不響就背起了福基的書包，為遺作中五十首七律做了箋注。福基七律，國騂知音；福基寄意，國騂神會。牛津道上的孩子自是神傷，陸健鴻念茲在茲，幫忙編輯遺作，其他亦各盡心意。書包有多重，義就有多重；路有多長，情就有多長。

車路給攤檔和顧客擠得窄窄，汽車為安全計便拉腔提調，「咔咔」，卻未能驚醒六十年前的童真歲月。凌凌亂亂的菜市、殘殘舊舊的唐樓，猶晃眼簾；市聲一片，喧鬧不絕，尚迴耳際。詩人少年的足跡依稀沉澱其間。

舊宇外牆剝落，騎樓加裝鋁窗。樓下如今有鐵閘，沒有看更，
白天門戶不禁。電錶、信箱掛在樓梯底。

賣菜攤檔，影影綽綽漾起父母勞碌的身影。
母親眼角依依，目送福基和國驊求學去。

拆建前的望覺堂，即英華書院一九六三年前舊址。
譚福基中一二在這兒上課。（相片提供：陳耀南教授）

重建的弼街望覺堂基督教大樓，即舊時英華校舍。

水仙操

昔我往矣，楊柳依依；
今我來思，雨雪霏霏。
——《詩經·采薇》

「梅花梅花滿天下，愈冷她愈開花。」歌聲在怒放的梅花叢中散開。

1 除歲

日暗雲低，灰灰的天沉沉重重地壓着大地。早上剛下過一場大雪，滿目京塵，這時都已銀裝素裹，天地渾然一片靜寂。

灰暗的天色攏着一幢灰暗的建築物，門口掛上一塊橫板，紅底白字，上面寫着：「歡迎陳戒暇教授回國講學。」

下午四點多鐘，冬日的北方已開始轉黑。這時門打開了，一群年青的學生蜂擁而出，匆匆散去。最後，兩個中年人走了出來，邊談邊走，來到了路口。

「戒暇，你今天講的『中國知識分子憂時傷國的傳統』，真叫人感動。」左首那人身形稍胖，面孔黝黑粗糙，正向着另一人說。

「那裏，大家是老同學了，不要客氣。」陳戒暇身材高瘦，面目清癯，連聲否認。

「去年已簽了中英聯合聲明，收回香港主權。根據『一國兩制』的原則，澳門和台灣問題，也可迎刃而解。戒暇，你剛從美國回來，你看國外同胞，對祖國可抱着什麼的態度？」

「現在中國的聲譽，可是如日中天，眾心歸往。」

「對啊！眼下大家埋頭建設，務求振興中華。折騰了這幾十年，中國人也該醒醒了。」

「但願如此！但願如此！」兩人愈說愈興奮，又站着談了一會。

「戒暇，今晚是大除夕，如果沒有別的事情，可否光臨寒舍，和我們一起度歲？」

「不，不，我還有約，不敢叨擾。」

「那麼改天見。」

於是二人握手作別，中年人轉身而去。陳戒暇信步前行，步過一個結了冰的小湖，走向前方的一個小亭。大地一片清幽，雪地上走出兩行足印，亭畔一叢梅花怒放。

2 留影

下午四點多鐘，無論在中國或美國，北方的天色都已開始轉黑。這時雪已停了，大地鋪滿銀白。教學大樓的門打開，一群年青的學生湧了出來，微風過處，吹散了金黃色的頭髮。

陳戒暇步出門口，風吹上他底憂鬱的臉容，也吹開了他兩鬢的星星。他垂着頭，蹣跚地走在雪地上。

突然，「啪嘭」的幾響爆竹聲嚇了他一跳。

「陳教授，恭喜恭喜，預祝馬年一切如意！」幾個中國留學生微笑道喜。陳戒暇一摸頭上的花髮，歲聿云暮，今晚又是大除夕；於是他努力擠出一點笑容，向同學揮手致意。

雪地上兩行足印，隨着陳戒暇走向教師宿舍。

寂寞的家。他坐在書桌前面，整間房子只亮了書桌上的一盞燈。他拿起筆寫着，紙上只有「梅花……梅花……」這兩個字，心沉重得像壓着一塊大石。

電話鈴響起，他拿起電話，閒談了幾句。

「舒逸梅母女失蹤了，找不到下落，好像在人間消失了。」他默然聽完，放下電話。

他又取出了那三卷錄影帶。如同其他千千萬萬的中國人一樣，這三卷帶他已不知看了多少遍。

他按下遙控器，波瀾壯闊的畫面，又再在熒幕上展開。

四月二十七日。

五月四日。

五月十三日、十四、十五、十六日……。

五月二十一日、二十二日……。新聞錄影帶不斷偷運出來。

陳戒暇按定了畫面，對着這張面孔發呆。同樣是尖尖的下巴，薄薄的嘴唇，這孩子是逸梅的女兒嗎？

他又按動了畫面。

五月二十三日，傍晚，衛星新聞傳訊恢復。記者喜氣洋洋，遊行的人也開開心心。可是，因為天安門城牆的毛澤東畫像給弄污了，要蓋上綠帆布的時候，毛主席震怒了，他不知要懲罰誰，總之霎時間天地變色，風雨暴至……。

陳戒暇突然按定了畫面。這張面孔。這張面孔，化了灰他也認得，這張面孔。

3 鳴琴

尖尖的下巴，薄薄的嘴唇。她身後的雪地上，留下兩行足印。亭中，兩人隔桌而坐，亭畔一叢梅花怒放。

桌上放着一張灰黑發光的七弦古琴。

「父親遺言這張琴一定要交給你。我得到你的消息，便立即趕來，也好完了這二十年的心願。」

他的右手中指輕按着琴弦，「仙翁——仙翁——」，蒼鬆透潤的音色，在雪地上隱隱傳了開去。

「戒暇，此琴為我師所交下，相傳即是漢朝蔡邕的『焦尾』。」

「是，舒教授。」陳戒暇端坐在師傅面前，舒雯教授手指飛動，琴韻鏗鏘，宋代以來古人夢寐系之的琴之九德：奇、古、透、靜、潤、圓、清、勻、芳，竟在其中。

曲罷，舒雯又説：「戒暇，你今夜辭行，我無以為贈；新近考得一古譜〈水仙操〉，你知道〈水仙操〉嗎？」

「知道，老師。《琴苑要錄》記載，〈水仙操〉伯牙所作。伯牙學琴於成連，三年而成；至於精神寂寞，情之專一，未能得也。成連曰：『吾之學不能移人之情，吾師有方子春，在東海中。』乃賚糧從之。至蓬萊山，留伯牙曰：『吾將迎吾師。』刺船而去，旬日不返。伯牙心悲，延頸四望，但聞海水沉汩沒，

山林窅冥，群鳥悲號。仰天嘆曰：『先生將移我情。』乃援琴而作歌：『緊洞渭兮流澌澓，舟楫逝兮仙不還；移形素兮蓬萊山，歇欽傷宮仙不還。』」

「對。成連知伯牙為不世之才，自恨不足為助，終身殉琴藝，以移伯牙之情。〈水仙操〉應為琴曲之大成。琴曲有動感有靜感，動則激越奔放、熱烈生動、跌宕飄逸、清越舒暢；靜則纏綿委婉、深切傷感、清幽抑鬱、清微淡遠、深沉古穆、中正和平。〈水仙操〉兼而有之。」説畢，舒教授莊容危坐，正手撫琴，奏那〈水仙操〉一曲。

曲終，鏗爾，舒教授推琴而起。

「戒暇，你在我門下才學第一，外面天地正寬，你犯不着淌這鑊渾水。這便去吧。」又喚：「逸梅，送戒暇出門。」

門外，雪花紛飛，戒暇和逸梅四手相握。

「你什麼時候離開？」

「現在趁嚴冬南下，春天時便偷渡香港。」

良久，他終於鬆開雙手，際此漫漫長夜，轉身走入雪中。

亭中，他的手離開了琴弦，她仍然低首垂眉。

「你結婚了嗎？」

「結了，有一個女兒。」

「他是誰？」

「一個小幹部。在那些日子裏，他幫了我很多。……你結婚了嗎？」

「沒有。」

他們對坐着，誰也沒有再説話。然後，她從懷裏掏出一把

摺扇，打開來，放在桌上。

4 還扇

他滿滿斟了一杯酒，一飲而盡。

窗外，黑夜沉沉地壓着積雪。電視機已熄了，只有書桌上的燈亮着。

那把摺扇打開來，放在桌上。年深月久，扇面業已發黃。

他記得曾經對她說過，他要在扇上題上四首詞，以春夏秋冬為序，來記下他倆的快樂事。那年的春天，校園裏的小湖冰皮初解，他們攜手湖上，仙侶同舟，在春霧中仿似圖畫中人。

回來後，他便在扇面上題上〈南浦・和玉田詠春水〉：「煙樹濕綿綿，嫩紅開，試寫平堤初曉。新綠點牆頭，流鶯過，剗地春風微掃。霞飛水暖，繡山千朵花姝小。猶記踏青湖畔路，小徑又生芳草。　清遊最怕啼鵑，甚年年，血淚怨歌未了？煙艇趁輕波，鷗眠處，還記前時曾到，纖雲縹緲。問津道盡桃源悄。波上猶言天氣好，三月麗人多少。」

又一年夏天，他們在畢業晚會上合演一齣改編自埃及近代詩人艾哈邁德・邵基的詩劇《安塔拉傳奇》（Aida）。他飾演阿拉伯落難王子安培拉，愛上美女阿卜萊，婚事為叔父所阻；安塔拉憤然出走，決心以勇敢與武力為自己贏取幸福和榮譽。他轉戰南北，多歷艱險，終與阿葡萊締結良緣。演完戲後，他們相約穿上戲服在湖上泛舟。他興致勃勃地在扇面上題上〈念奴嬌・依白石「鬧紅一舸」體〉：「翠荷弄影，醉留連，輕舸曾邀仙

侶。晴日融融初試夏，對景誰尋歸路？寶扇單衣，碧簪螺髻，襯新妝飛羽，迎風瀟灑，口脂香染詩句。　　遙覷，岸柳藏鴉，殘霞織錦，點點銀鷗去。一棹斜陽迷遠，漸入蘭州菱浦。燕出濃陰，魚濡細浪，好景誰能賦？佳人暗問，此生寧恁虛度。」

彷彷彿彿間，就好像看見她裝扮成阿拉伯美女的樣子，秀髮梳成螺髻，插上一根翠綠羽毛，手握團扇，眼波流盼，口誦優美的詩句。

他又滿滿斟了一杯酒，黯然一飲而盡。

5 焚書

扇子仍然攤在桌上，在古琴的旁邊。

「老師是怎樣死的？」

「開始的時候，誰也不知道情況會是如此險惡！」她緩緩地說，冷冷的聲音，鑽入他的心底。

「他們抄了我們的家，把那些書籍啊和一切值錢的東西都拿走了。我們只是藏起了這張琴，因為父親說這是你的東西。

「父親常常在深更半夜被蒙上眼睛，從牀上拖出去，這兒批一批，那兒鬥一鬥。

「他頭上戴着一頂寫着『牛鬼蛇神』的高帽，脖子上掛着幾十斤重的鐵牌子，就這樣給他們推來推去，拳打腳踢。他總是低頭不語。

「這晚，他頭青面腫的回來，整夜濃重地喘氣。

「還有幾天便過年了。這日快雪初晴，他們又來押了他出

去。父親這次卻抬起頭，眼睛炯炯發光。我心裏一陣慌張，這次父親或者不會回來了。

「我於是跟着他們。

「他們在球場上搞了一個萬人批判大會。十二個教授在場中排開，給他們凌辱和臭罵。

「這時他們把三張桌子疊起來，做成一個高台，逼父親跪在上面，並且大喊：『打倒反革命分子學閥舒老賊！』

「然後他們掃開地上的積雪，燃起了一把火，把父親的藏書和著作都搬來，投在火裏，喊着：『燒了這些大毒草。』

「他們狂性大發，投下了書本和柴枝，和各樣事物，大火熊熊地燒起。這時父親突然站起來，向着他們大喊：『你們不要燒我的書，你們不要焚書啊！你們不要知識，你們這樣搞法，上天可要懲罰我們整個民族的啊！』

「他們卻指着父親，好像看猴兒戲般樂得哈哈大笑。

「這時父親突然縱身一跳，連同三張桌子，一起倒入火裏。大火燒得勁猛，一陣北風捲過，火舌張牙舞爪，在火旁的幾個狂人衣服着火，狼狽地逃開。」

陳戒暇緊張得像停止了呼吸，雙手也不知在什麼時候伸了出來，緊緊地握着舒逸梅的手。

沒有風，雪也沒有下，天地一片寧靜，隱隱只有他倆的呼吸，和亭畔梅花的暗香。

她輕輕縮回手，緩緩地站起來。

「你幸好避得及時；可留下的人，這一生便算是完了，只有寄望下一代。

「那晚雪中分手，我知道我們的緣份已了，我們已經走向兩個不同的世界。」

然後她轉身離去。他定睛看着她的背影，和她留下的，在雪地上的兩行足印。

6 補闋

他又飲下一杯酒，整個人已昏昏沉沉。自從回美國後，他便飲酒了。

胸口的鬱悶，漫無止境地浸上來，直欲破腦而出。他反覆看那把摺扇。有一年的秋天，醉眼迷糊地，他在扇的另一面寫下〈揚州慢〉：「天末賓鴻，遠山華閣，浪迹且任勾留。對翻空亂葉，盡舊日清秋。問燕子，歸期未定，故人憔悴，重見還羞。鬢絲寒，急管哀弦，聊遣閒愁。　少年不賤，漫贏得，肥馬輕裘。想寂寞金尊，殷勤翠袖，悵別西樓。舊事已隨人去，楓林悄，碧水悠悠。看天連衰草，沉吟欲說還休。」

酒意湧了上來，他的眼睛也糊塗起來了，矇矇朧朧中，好像看見舒教授在向着他微笑招手。他碰碰跌跌地走向「焦尾」古琴，莊容按弦，琴韻悠揚，時而纏綿，時而激越，又是一曲〈水仙操〉。他糊糊塗塗地奏着，一時好像看見舒雯在火中漫步而來，一時又好像看見逸梅在雪地上歸去。突然「鏗」的一聲，一弦應指而斷。他呆了一呆，終於支持不住，倒在琴上喘氣。

窗外，沒有風，雪也沒有下。雪地上是濃濃的藍天，竟有一彎明月寂寞地照着人間。

他突然詩興大發，詩句如電光石火般在腦海中閃過。於是他又碰碰趺趺地走回桌上，強睜醉眼，在扇上尋着那最後的位置，寫下了〈南鄉子〉：「休去倚闌干，望盡人間萬里寒。入眼冰封清冷月，微歎，紅皺香銷翠葉殘。　琴劍可重彈。不覺星霜白髮安。回言前塵多少事，杯乾，折得梅花仔細看。」

「功德圓滿！」他擲下筆，哈哈大笑起來，卻又突然劇烈地嗆咳，咳得滿臉淚水。他的眼睛又迷糊起來了，怎麼這兩個字糊在一起了？梅花……梅花……。他頭一低，昏在摺扇上，口中還兀自亂七八糟地唱着：「梅花梅花滿天下，愈冷她愈開花。……」

7 降雪

他仍然呆呆地望着舒逸梅在雪地上的兩行足印。

也不知過了多少時候，天已經昏黑了。他驀地一聲長嘯，把摺扇收回懷裏，挾琴而起，就此舉步離去。

雪地上留下他的兩行足印，漸去漸遠，漸遠漸細。

彤雲低低地壓着大地。漸漸，雪又下了，一片一片的純白，偏固執地帶着天地的幽暗，鋪天蓋地而來，愈下愈急。朔風呼呼作響，憤怒地吹着，吹得雪花在空中旋轉飛舞。一場大風雪，轟然在天地間肆虐，就好像要把人間的一切善與惡、美與醜，都立時掃盡。然而就在風雪之中，卻彷彿有一把沉鬱的聲音，從時間的彼端傳來，蒼蒼涼涼地唱着：

　　人生到處知何似？
　　應似飛鴻踏雪泥；
　　泥上偶然留指爪，
　　鴻飛那復計東西！

細細的聲音，像一個幽靈，在風雪中騰挪閃避，在無望中掙扎，但總堅持要把話說完。於是天地更怒了，風更勁，雪更急，以萬乘無匹之力，鞭打着天地間的一切。然後，聲音沒有了，只餘瘋狂了的風和雪。可是，只有自己獨個兒玩耍，風雪也覺得沒味兒啊！終於，風細了，雪也輕了，而且漸漸停止。沉沉夜幕垂拱，天地渾然復歸一片靜寂。

　　作於一九九〇年二月三日，刊於《水仙操》（一九九〇年出版）